Monika Helfer

Löwenherz

Roman Hanser

1. Auflage 2022

ISBN 978-3-446-27269-9

Umschlag: Peter-Andreas Hassiepen, München
Motiv: © Gerhard Richter 2021 (0155)
Satz im Verlag
Druck und Bindung: Friedrich Pustet, Regensburg
Printed in Germany

FSC
www.fsc.org
MIX
Papier aus verantwortungsvollen Quellen
FSC® C014889

für unsere Bagage

I

Ein neuer Tag,
ein frisches Hemd

I

So war mein Bruder Richard:

Er dachte beim Gehen ans Liegen,
beim Sitzen ans Liegen,
beim Stehen ans Liegen,
sogar beim Fliegen dachte er ans Liegen.
Dachte immer ans Liegen.

Er schlenderte vor sich hin auf seinen verqueren Beinen, wohin sie ihn eben führten, *vor sich hin*, der Kopf nämlich den Beinen voraus, der wurde ja nicht von der rauen Erde gebremst. Er hob flache Steine auf, ließ sie übers Wasser hüpfen, gern war er beim Wasser. Er bückte sich nach einer Blindschleiche, setzte sie sich auf den nackten Arm und summte ihr etwas vor, »*Going Up The Country*« von Canned Heat, und dachte sich dabei in einen fernen Dschungel, wo ihre großen Schwestern Angst und Schrecken verbreiteten. Ein anderer, der hatte verquere Arme, hatte ihm erzählt, Blindschleichen könnten Gesprochenes von Gesungenem unterscheiden, ebenso wie Schlangen. Auch Fische, sagte er, kämen angeschwommen, wenn man sich mit einem Kassettenrekorder und der entsprechenden Musik ans Ufer setze und dabei selber eine Ruhe gebe.

Mein Bruder hatte den ganzen Tag über den ganzen Himmel in den Augen, und wenn die Blindschleiche dabei von seinem Arm fiel, kümmerte er sich nicht weiter um sie – jedem sein eigenes Durchkommen, ob Tier oder Mensch. Er sah aus wie der hübsche Bruder von Alan Wilson, dem Sänger von Canned Heat, der war damals schon tot, er hatte sich mit siebenundzwanzig das Leben genommen – Richard würde es mit dreißig tun. Ein Hund lief ihm nach, einer, der verschiedenste Vorfahren vorzuweisen hatte, ein struppiger, knapp übers Knie hoher, eine Sympathie war gleich zwischen ihnen. Er begleitete ihn, bis es eindunkelte und die Sträucher wie Gespenster aussahen. Vor dem Haus, in dessen zweitem Stock er wohnte, bückte sich Richard zu dem Hund nieder und sagte und sprach zu dem Tier im Ton erst wie ein Lehrer zu einem Schüler, dann wie ein Priester zu einem Ministranten, zuletzt wie ein Komiker zu seinem Kompagnon auf der Bühne: »Bleib bei mir, geh nicht fort! Ich nenne dich, wie nenne ich dich, wie nenne ich dich, ich nenne dich: Schamasch. Du bist mein Sonnengott. Sei Gast in meiner Hütte, und wenn es geht, scheiß mir nicht in eine Ecke.« Die Zukunft würde geschehen. So oder so. Für Mensch wie für Tier. Ein Hölzchen in den Weg legen konnte man ihr immerhin.

In seinem Zimmer dann, klein, wie es war, sah er sich nach einer Schlafstelle für Schamasch um und entschied, er solle auf dem Boden vor seinem Bett liegen, auf dem ausgedienten Wintermantel, den er dreimal schon zu mir gebracht und den ich dreimal geflickt hatte. Er gab dem Hund Unterricht. Beide liegend, Richard auf dem Bett, der Hund am Boden. Nicht nur Blindschleichen, Schlangen und Fische können zwischen Gesagtem und Gesungenem unterscheiden, sondern auch gewisse Säuger, meinte er bald herausgekriegt zu haben.

Wo Richard ging, ging von nun an auch der Hund, und der

Hund folgte, wohin meines Bruders Beine führten. Richard schlug vier Eier in die Pfanne und teilte sie mit Schamasch. Er brachte dem Hund einen vernünftigen Blick bei. So gehöre sich das. Als er sich niederbückte, um das Fell zu streicheln, fand er, dass es schlecht rieche. Morgen, morgen wollte er Shampoo mit an den See nehmen und ihn ordentlich einseifen. Ein gutes Shampoo, falls Schamasch eine empfindliche Haut hatte unter dem struppigen Fell. Er betrat den Supermarkt, was mit einem Hund verboten war, spielte den Sehbehinderten, schob eine Flasche von dem feinen Nivea-Kindershampoo in seine Oberschenkeltasche, die auf derselben Höhe war wie das Maul mit den Zähnen seines Hundes, und ging an den Kassen vorbei, ohne zu bezahlen, starren leeren Blicks mit ausgestrecktem freiem Arm, den Hund an der kurzen Leine. Schamasch spielte mit, schaute vernünftig und verantwortungsvoll.

Nach einer Woche konnte der Hund alles, was Richard glaubte, dass ein Hund können müsse. Aus Dankbarkeit zog er sein Leintuch glatt, drückte sein Bettzeug auf der einen Hälfte an die Wand, die andere deckte er mit einem Kutzen ab, den er im See gewaschen hatte, mit demselben Shampoo wie den Hund, dort sollte der Schlafplatz für Schamasch sein. »Du hast die Probezeit bestanden.« Der Hund kapierte und rollte sich auf dem Platz ein.

»Er ist absolut stubenrein«, erzählte er mir, »ein vornehmer Hund, sogar mit dem Furzen hält er sich zurück, tut es erst, wenn wir auf der Straße sind.«

Beide schliefen sie lange und tief, und am Morgen roch einer wie der andere. Sie wachten auf zum Frühstück am Sonntag und legten sich gleich danach wieder hin. Richard hatte eine Stelle in Aussicht, er war ein seltener Fachmann, er gehörte zur Avantgarde der Arbeiterklasse, aber erst nach dem nächsten Sonntag, noch siebenmal schlafen, dann arbeiten.

2

Am Montag in diesem herrlichen Sommer, noch vor den Schulferien, die Richard sein Leben lang in seiner Jahresplanung respektierte, als wäre er ein ewiges Schulkind, fand er beim Bodensee, wo die Baggerlöcher sind, eine Badewanne. Die diente vielleicht als Tränke für die Pferde, damit sie nicht von dem Wasser saufen, in dem Mütter mit Kindern badeten. Es war früh am Vormittag, erst neun Uhr, keine Badegäste, noch keine Mücken, noch keine Pferde, die ins Wasser brunzten, während sie aus der Badewanne tranken, ein gut fortgeschrittener Sommer bereits und ein Geruch, als würden irgendwo Semmeln gebacken. Er zog sein Hemd und die Jeans aus, verknotete sie und verbarg sie hinter einer Weide. Unterhosen hat mein Bruder nie getragen, nicht aus weltanschaulichen Gründen nicht, nicht einmal aus praktischen Gründen nicht, sondern weil er nie eine im Kasten gefunden, meistens aber, weil er vergessen hatte, eine anzuziehen, und es ihm erst in den Sinn kam, als die Jeans bereits oben waren. Die Badewanne hatte die Farbe von Eierschalen, und das brachte ihn auf die Idee, denn er hatte einmal ein Kinderbuch illustrieren wollen, in dem war ein blaukappenes Zwerglein in einer Eierschale ins weite Meer hinausgefahren. Wo die Wanne angeschlagen war, wucherte Rost, das Email war rau geworden. Am Boden war eine braune Lache vom Regen. Er riss Zweige von einem Strauch und putzte mit ihnen die Wanne aus. Kinder hatten ein Schlauchboot liegen lassen, die Luft war weg, es war schlammverschmiert und voller Schnecken, aber immerhin lag ein Paddel darin. So ging das. Er zog die Wanne ins Wasser, balancierte erst im Stehen und setzte sich am Ende hinein. Schamasch sprang ihm nach. Es musste ein Zug im See sein, ein leichter, ein unheimlich leichter, aber ein Zug, denn auf der einen Seite floss der Rhein hinein, und auf der anderen Seite floss er wieder hinaus, ohne Zug wäre das nicht möglich. Also wenn er nur läge, in der weißen Wanne läge, unten auf seinen Beinen der Hund, dann würde er über den weiten See gleiten, an Rorschach vorbei, an Konstanz vorbei, an der Insel Reichenau vorbei mit ihren Obst- und Gemüsegärten und dem Kloster, bis zum Rheinfall im schweizerischen Kanton Schaffhausen. Dort würde er in der eisernen Wanne über den brüllenden Wasserfall hinunterpoltern und vielleicht sogar überleben. Ich, seine Schwester, hatte in der Küche auf die Kühlschranktür eine Fotografie vom Rheinfall geklebt, die schaute er sich immer wieder an, wenn er mich besuchte.

Mein Mann, ich meine meinen zweiten Mann, den Michael, mit dem ich immer noch verheiratet bin, der hat Richard gut gekannt. Bald nachdem wir uns kennengelernt und ineinander verliebt hatten, befreundeten sich die beiden, ich glaube, Michael kannte ihn besser, als ich ihn kannte. Nach Richards Tod sagte er zu mir: »Ich weiß niemanden, dem das Leben so wenig wichtig war wie dem Richard.« Warum er das gerade jetzt sage, fragte ich, zornig, weil ich so etwas nicht hören wollte. Die Antwort: »Ihm wäre interessanter gewesen, in einer Badewanne über den Rheinfall zu stürzen, als wichtiger, dabei zu überleben.« Die Art, wie dieser Satz gebaut war, war typisch für meinen Bruder – Michael hat ihn zitiert.

Richard war mager und zudem schmal gebaut, als Kind hatte er die Englische Krankheit gehabt, Rachitis. Vielleicht wegen zu wenig Calcium oder zu wenig Vitamin D. Beim Gehen hatschten seine Beine einwärts. Nicht unansehnlich. Eher lässig. Als ob er kein Ziel hätte. Als ob die Beine kein Ziel hätten. Als ob er es niemals eilig hätte. Der Kopf hatte ein Ziel, aber auch nur manchmal. Einmal haben wir auf meinem kleinen Schwarz-Weiß-Fernseher einen Western mit John Wayne gesehen, da ging der Held quer über die matschige Straße zum Saloon, und ich sagte: »So gehst du, Richard, genau so!« Genauso ging er nicht, aber fast.

Schwer war es sicher für ihn, in der Badewanne die Balance zu halten. Er wusste, in den Baggerlöchern am See wurde das Wasser gleich sehr tief, und würde er kippen, müsste er schwimmen. Und schwimmen konnte er nicht gut. Er sagte: »Ich kann gut schwimmen, aber nur, wo ich noch stehen kann.« Also konnte er nicht schwimmen. Ich kann es auch nicht. Das hätten wir nie zugegeben. Lieber wären wir ertrunken. Noch heute fällt es mir schwer, das niederzuschreiben. Richard kippte aus der Badewanne, vielleicht hatte er Seeräuber spielen wollen, Jim Hawkins aus *Die Schatzinsel* von Robert Louis Stevenson, das war eines seiner Lieblingsbücher, er hatte es in einem Buchladen auf der Insel Lindau geklaut, er sagte: »Es wäre letztklassig, dieses Buch am Festland und dann auch noch zu kaufen.« Er wollte Jim Hawkins spielen, wie er auf den Mast klettert und Israel Hands mit dem Messer quer im Mund hinter ihm her. Richard war ein erwachsener junger Mann, aber die Hälfte seiner Tage war er nicht Richard, der

Schriftsetzer, sondern irgendein anderer, den ihm gerade seine Fantasie diktierte, damit er ihn in die langweilige Wirklichkeit hinübererzähle – oder aus ihr herauserzähle. Er fiel ins Wasser. Ruderte mit den Armen. Prustete, schnaubte, schluckte. Rief nach Schamasch. Der schaute ihm aus der Badewanne zu, ein privater Gott, der nicht hilft, der vielleicht Gesungenes von Gesprochenem, aber nicht Gesprochenes von Geschrienem unterscheiden kann. Das hätte, wie vieles andere davor und danach, das Ende meines Bruders sein können.

3

War es aber nicht.

Eine junge Frau nämlich, schwanger, dazu mit einem Kleinkind zwischen ihren Schenkeln, den Rücken an ihren Bauch gelehnt, saß auf einer goldenen Notfallfolie – die hatte sie sich von einem netten Ersatzdiener schenken lassen, als sie, es war fünf Jahre her, ins Krankenhaus eingeliefert worden war, ein erstes verlogenes Abenteuer, Erpressungsschüttelfrost, gerade fünfzehn war sie gewesen, der Ersatzdiener verliebte sich in sie, sie traf sich mit ihm, wurde schwanger von ihm, trieb ab, jagte ihn davon, die goldene Folie hegte und pflegte sie seither wie eine Trophäe. Jedenfalls – diese junge Frau sah Richard. Der um sein Leben strampelte. Sie, die schwimmen konnte. Sie setzte ihr Kleinkind ab und befahl ihm, sich nicht von der Stelle zu rühren und auf die Mama zu warten und genau zu schauen, was die Mama gleich vorführe, da gebe es nämlich einiges zu lernen. Sie wickelte die Beinchen des Kindes in die goldene Folie, gar nicht eilig, solange der da draußen schrie, war er noch nicht abgesoffen, und Rettung in allerletzter Not ist doppelte Rettung. Sie warf die Kinderluftmatratze ins Wasser und schwamm damit zu meinem Bruder, befahl nun auch ihm. Nämlich befahl ihm, sich daran festzuhalten und sich mit der Brust draufzulegen. Was er augenblicklich tat. Und gleich schon lächelte er sie an – die schwangere Frau mit der sonnenbraunen Haut und dem Namen Kitti, eigentlich Katharina, aber Kitti klang in ihren Ohren exklusiver.

»Gerettet«, sagte sie. Mehr nicht.

Nicht, solange sie noch im Wasser waren. Sie hatte einen Hang zum Plappern. Aber sie arbeitete an ihrem Charakter. Schweigen zu können, heißt, geheimnisvoll zu sein. Sie hielt sich selbst nicht für geheimnisvoll, aber wer tut das schon, es genügt, wenn es die anderen tun. Sie zeigte ihre kleinen Zähne, die gut zu ihren kleinen Händen passten und aussahen wie Milchzähne, was aber nicht sein konnte, Kitti war zwanzig Jahre alt – he, wie mir Richard später auseinandersetzte, »im Herzen aber mindestens dreißig, wahrscheinlich vierzig, wenn nicht gar fünfzig oder sechzig und mehr«. Ihre Haare, blond, klebten nassgrau an ihrem schönen runden Kopf, und die Brauen unter der makellos runden Stirn waren ebenfalls nassgrau, die Augen so blau, dass sie, wie Richard sagte, »den Afrikanern einen Höllenschrecken einjagen würden«.

»Danke«, sagte er.

Sie schwamm ans Ufer zurück. Rundum zufrieden mit sich. Lebensretterin und geheimnisvoll. Noch habe auch ich allen Grund, mich bei ihr zu bedanken – mit *noch* meine ich: an dieser Stelle der Erzählung.

»Kannst du nicht schwimmen?«

»Klar kann ich schwimmen.«

»Und warum hast du vorhin nicht schwimmen gekonnt?«

»Ich habe eine Kaulquappe verschluckt.«

»Wie?«

»Beim Schwimmen. Eigentlich beim Tauchen.«

Er lag im Wasser, stützte sich mit den Ellbogen im Kies am Ufer ab, hob den Kopf, sah in den Himmel über den Büschen und dachte: Glück gehabt. Er wollte mit dem Bauch und den Beinen noch im Wasser bleiben, das Wasser war sein, das Land ihr Revier. So, meinte er, müsse er sich nicht weiter bei seiner Lebensretterin bedanken.

»Ich bin halb getaucht, da ist die Kaulquappe dahergeschwommen.«

»Was heißt halb getaucht?«

»Das ist ein Fachausdruck.«

»Diesen Fachausdruck habe ich noch nie gehört.«

»Es ist ein aus dem Französischen ins Deutsche übersetzter Fachausdruck.«

»Das glaube ich nicht. Und dann?«

»Dann habe ich die Kaulquappe verschluckt.«

»Wie?«

»Einfach verschluckt. Mit Wasser. Wie man eine Tablette hinunterschluckt.«

»Hast du beim Tauchen den Mund offen oder was? Dass sie hineingeschwommen ist, die Kaulquappe?«

»Zum Luftauslassen, ja.«

»Warum lässt du beim Tauchen Luft aus?«

»Das tut man, wenn man halb taucht. Beim Halbtauchen tut man das, ja.«

»Das glaube ich nicht. Warum sollte man das tun?«

»Weniger Auftrieb, darum.«

»Habe ich noch nie gehört.«

»So nennt man das.«

»Wieder ein Fachausdruck?«

Der untreue Schamasch hatte gleich die Badewanne verlassen und saß bereits neben dem Kleinkind auf der goldenen Notfalldecke. Er zerrte am Proviant und aß die Wurst aus der Semmel, die ihm das Kind hinhielt, niemanden störte das.

»Das ist kein schöner Hund«, sagte Kitti.

»Das ist relativ«, sagte Richard.

»Was soll bei dem hässlichen Hund relativ sein?«

»Dort, wo er herkommt, gelten diese Hunde als besonders schön.«

»Kann ich mir nicht vorstellen. Wo kommt er denn her?«

»Aus Timbuktu.«

»Das glaube ich nicht. Solche wie den habe ich schon oft gesehen. Solche sieht man hier an jedem Brunzeck.«

»Die bei uns sehen denen aus Timbuktu ähnlich, das gebe ich zu. Aber sie sind völlig anders.«

»Und was kann er?«

»Nichts.«

»Wie nichts?«

»Er kann nichts. Gar nichts. Er ist einfach nur ein Hund.«

»Wenn er gar nichts kann, warum hast du dann nicht gleich einen von hier genommen?«

»Ich könnte sagen, er ist mir zugelaufen.«

»Und warum sagst du es nicht?«

»Weil es nicht stimmt. Willst du die Wahrheit wissen?«

»Eigentlich nicht. Ich glaube, sie interessiert mich nicht. Der ganze Hund interessiert mich nicht.«

»Was meinst du, wenn du sagst, in ihrem Herzen ist sie dreißig oder vierzig, wenn nicht sogar fünfzig oder sechzig?«, fragte ich Richard, als er mir, das war leider viel später, da war das meiste schon zu spät, von Kitti erzählte.

Er antwortete darauf nicht. Aber ich hätte antworten können, und zwar noch ehe ich Kitti kennenlernte. Er meinte damit: Er kann ihr nichts vormachen. Seine Geschichten greifen bei ihr nicht. Er kann sie nicht verzaubern, wie er immer alle verzaubern konnte. Er kann ihr keine Angst machen, wenn das Licht gelöscht ist. Sie glaubt ihm nicht, dass er sich in der Nacht in einen Serienmörder verwandelt, vor dem er sich selber sogar fürchtet. Oder in einen Werwolf. Sie glaubt ihm nichts. Sie glaubt ihm nicht, dass in Schamasch sowohl afrikanischer Wüstenhund als auch Hyäne eingemischt sind und dass er ihn einem Dealer um den Preis eines Mittelklassewagens abgekauft hat, ein Spürhund, der nicht nur Drogen, sondern auch die Polizei von Weitem riecht. Sie ärgert sich nicht, wenn er sein Garn spinnt, sie sagt einfach: Das glaube ich nicht. Fertig. So viele Mädchen und Frauen sind abgefahren auf meinen Bruder und einige Männer auch, alle, weil er sie verzaubert hat mit seinen Geschichten vom Hundertsten ins Tausendste, und auch wenn sie ihm die Geschichten nicht glaubten, waren sie doch hingerissen, denn sie dachten, was für eine poetische Natur, und meinten, so eine Natur sei der Hilfe bedürftig, und diese Hilfe wollten sie ihm geben, am liebsten exklusiv. Außer seinen Geschichten hatte mein Bruder nicht viel zu bieten. Kein Geld und auch keine Ambition, jemals viel davon zu haben, keinen Ehrgeiz. Er war ein hübscher Kerl mit hübschem lockigem Haar, das Gesicht schmaler als das von Alan Wilson, charakterlich mit demselben Mangel an modischem Geschmack ausgestattet wie der Musiker, der sich in ausgebeulten Gabardinebuxen mit Hahnentrittmuster auf die Bühne stellte, wo seine Kollegen in engen schwarzen Latexhosen herumflitzten. Richard lächelte die Frauen an, zeigte seinen schiefen Schneidezahn, aber bemüht hat er sich nie um sie.

Irgendwann antwortete er: »Sie ist jünger als ich, aber sie hat viel mehr erlebt, ich werde sie nie einholen.«

Warum hat ihn Kitti gewollt? Wenn sie sich doch nicht von ihm verzaubern ließ. Einmal sagte er zu mir: »Sex interessiert mich nicht.« Ich fragte – was zugegeben eine merkwürdige Frage ist: »Warum interessiert dich Sex nicht?« Er antwortete: »Zu wenig Überraschung.«

4

Kitti nahm ihn. Schon als er im Wasser strampelte und prustete und seinen Hund um Hilfe rief, nahm sie ihn in die Liste der Männer auf, die als Ersatzvater für ihr Ungeborenes und ihr Kleinkind auf der Goldfolie infrage kamen.

»Steig doch aus dem Wasser«, sagte sie. »Jetzt bist du gerettet. Komm zu uns auf die Decke!«

Richard genierte sich, weil er nackt war.

Kitti zog ihren Badeanzug aus, einen einteiligen, der schon hohe Bauch trieb ihren Nabel auf, das brauchte sich nicht jeder anzuschauen. »Jetzt siehst du mich, wie ich bin«, sagte sie, »jetzt möchte ich auch sehen, wie du bist.«

So standen sie einander nackt gegenüber. Die Schwimmerin und der Nichtschwimmer. Der dünne Mann mit der weißen Haut und die braun gebrannte Frau mit dem Bauch wie eine Kugel, die nach draußen will. Sie zog nun auch ihr Kind aus, das sie Putzi nannte, ein rotes wollenes Unterhöschen hatte es nur an, oben ein schwarzes Wollknäuelköpfchen, darunter ein braunes Gesichtchen, aus dem die Augen blitzten, was ein bisschen zornig aussah, aber gar nicht zornig war, ganz und gar nicht.

»Komm, Putzi«, sagte sie, »stell dich neben die Mama!«

Nun waren sie zu dritt, nackt wie eine Familie am Morgen in aller Frühe im lustigen Badezimmer, eine Familie, die sich auf den Nachwuchs im Bauch von der Mama freute.

»Ich habe keinen Mann«, sagte Kitti.

»Viele Kinder haben keinen Vater«, sagte Richard und wollte schon sein Garn spinnen, wie er es gewohnt war, vom Hundertsten zum Tausendsten. »Ich zum Glück habe einen, der ist ein seltsamer Mann, der hat ein amputiertes Bein, das ist ihm im Krieg abgefroren, da war er in Russland …«

Sie unterbrach ihn.

»Putzi 1 hätte gern einen Vater«, sagte sie, »und Putzi 2 hier in meinem Bauch auch.«

Ob es spätestens an diesem Punkt nicht in seinem Kopf geklingelt habe, fragte ich meinen Bruder. Ach, sagte er. Er habe in aller Ruhe seine Sachen angezogen, habe Schamasch zu sich gepfiffen – er wollte gehen, bedankt hatte er sich ja, ob es wirklich eine Lebensrettung war, da könnten die Meinungen auseinandergehen, sicher hätte er die Badewanne irgendwie erreicht und sich daran festgehalten. Er war es gewohnt, dass sich die Frauen um ihn kümmern wollten, die einen gaben es ihm so zu verstehen, die anderen eben anders, Kitti hatte ihre

Methode. Alles harmlos an einem harmlosen Montagmorgen in einem harmlosen Sommer, wo es von irgendwoher nach frischen Semmeln roch.

»He, bleib stehen!«, rief sie, da hatte er sich noch gar nicht zum Gehen umgedreht. »Ich habe nicht deine Adresse und weiß nicht, wie du heißt.«

Und dann erklärte ihm Kitti, noch kannten sie sich keine Viertelstunde, geradeheraus, dass sie jemanden brauche, der auf Putzi 1 aufpasse, während sie im Krankenhaus sei und Putzi 2 auf die Welt bringe. Ob er. Weil sie immerhin sein Leben gerettet habe.

Er schrieb ihr seine Adresse mit Kugelschreiber auf die Innenseite ihres Unterarmes. Und sie streckte ihm ihren nackten Bauch entgegen und berührte seine Gürtelschnalle, und er nahm ihr Gesicht zwischen seine Hände, und das nur, weil es ihm irgendwie logisch vorgekommen sei, das zu tun.

»Logisch«, seufzte ich resigniert.

Mehr sei eh nicht gewesen. »Ich schwör's. Mehr war nicht!«

Ein bisschen mehr war schon gewesen. Kitti sagte zu Putzi – was Richard witzig fand und mehr nicht, mehr nicht: »Gib dem Papa ein Bussi!«

Das kleine Mädchen habe das liebe braune Gesichtchen emporgereckt und die lieben schwarzen Augen zugedrückt, und er habe sich niedergebeugt und mit seinem Zeigefinger die Lippen des Kindes berührt.

Und Richard? Er schlenderte weiter vor sich hin auf seinen verqueren Beinen, wohin sie ihn führten. Er hatte nun eine Arbeit. Er verdiente nicht schlecht, aber gar nicht gut. Er war Schriftsetzer. So einer verdiente normalerweise mehr als er. Er mochte seinen Beruf. Alles daran mochte er, den Geruch, den

Dreck, den Lärm. Der Beruf gab ihm eine Wichtigkeit vor sich selbst. Aber eigentlich war mein Bruder ein Maler. Wenn er am Fußboden in seiner Wohnung lag und malte, er malte nur im Liegen, wie denn sonst, dann, so hätte ich gesagt, hätte mich einer gefragt, dann war er glücklich. Und hätte man mich weitergefragt, was ich damit meine, hätte ich geantwortet: Beim Malen dachte er an nichts. Schon gar nicht an sich selbst. Nicht ans Trinken, nicht ans Essen, nichts ans Rauchen dachte er, wenn er malte, an Frauen sowieso nicht, nicht an seine staatsbürgerlichen Pflichten und nicht an die Gespenster, an die er glaubte, weil er gern an sie geglaubt hätte. Ich dachte immer: Gut, dass er einen Beruf gelernt hat. Der ist wie die Luftmatratze im Wasser. Einige sehr Kluge haben zwar damals schon vorhergesehen, dass der ehrenwerte Beruf des Schriftsetzers bald aussterben wird. Weil der Computer vor der Tür stand. Weil das Computerzeitalter vor der Tür stand. Und bald schon vor jeder Tür.

Und dann stand Kitti in der Oberstadt im zweiten Stock vor der Wohnungstür meines Bruders, trug ihre Schwangerschaft vor sich her wie eine Kommode. Ein netter Mann habe ihr unten aufgemacht. Den Mund breit und sehr rot geschminkt, die Haare in Locken gedreht und honigblond gefärbt, in Kombination mit dem Bauch: unschuldig. Ob er sich an sie erinnere. Sie sei die, die ihm das Leben gerettet habe.

5

Kitti nahm es nicht so genau mit den Männern. Für Putzi kam als Vater ein Araber in die engere Auswahl, der wusste nichts davon. Vielleicht war er ja auch nicht der Vater, es waren da noch andere gewesen. Das Haar und die Augen und die Haut der Kleinen ließen auf den Mann aus Marokko schließen, meinte sie.

»Und wie heißt die kleine Putzi wirklich?«, fragte ich Richard.

Er könne sich den Namen nicht merken, weil er ihn nicht aussprechen könne, antwortete er. Auch Kitti müsse jedes Mal nachdenken. Ein arabischer Name mit mindestens zwei »ch«, es könne aber auch ein Doppelname sein.

Vom Ungeborenen wusste sie den Vater. Es war ihr Vermieter, mit dem sie schlief, weil er ihr angeboten hatte, sie dürfe umsonst wohnen, wenn sie ihn ab und zu lasse. Er wolle nicht unverschämt sein, höchstens ein- bis zweimal in der Woche. Und keine Spielchen. Ganz normal durchschnittlich. Nichts Absonderliches. Auf so eine Idee würde er gar nicht kommen. Allerdings verbiete er Männerbesuche, der Mann sei er, genau genommen der Herr, nicht einer unter ferner liefen, falls sie das noch nicht überrissen habe. Hatte sie nicht. Sie wollte auch nicht darüber nachdenken, was der Unterschied zwischen einem Mann und einem Herrn war, rein äußerlich jedenfalls sah sie keinen. Als er von ihrer Schwangerschaft erfuhr, wollte er nichts mehr mit ihr zu tun haben. So drückte er sich aus. Ehrlich und kalt. Er werde alles abstreiten. Falls sie an Alimente oder so denke. Bis nach der Geburt könne sie bleiben, er sei schließlich kein Unmensch. Bis sie wieder »zu Kräften gekommen« sei. Der Herr war verheiratet, und Kitti hatte ihm Verschwiegenheit versprochen. Sie war nicht hinterrücks.

Verschwiegenheit allerdings nur seiner Frau gegenüber. So nahm sie das Wort. Also nicht Verschwiegenheit einem Fremden gegenüber – zum Beispiel Richard. Ihm erzählte sie alles. Und das gleich bei ihrem ersten Besuch in seiner Wohnung. In Anwesenheit von Putzi, die auf Richards Knie saß und seine Haare drehte und das freie Händchen auf Schamaschs Kopf legte, der das geduldig geschehen ließ. Mein Bruder war ein schamhafter Mensch, über Sex wollte er nicht reden, mit niemandem, und Sexgeschichten wollte er sich nicht anhören, von niemandem. Er machte darauf aufmerksam, dass ein Kind anwesend sei und dass man nicht ausschließen könne, ob nicht auch das Kind im Mutterbauch mitkriege, wenn oben über seinen Vater schlecht geredet werde. Aber Kitti plapperte, wie es ihre Art war, wenn sie keine Veranlassung sah, geheimnisvoll zu wirken. Sie sah keine Veranlassung mehr. Sie meinte, meinen Bruder bereits zu haben.

Putzi, das kleine niedliche Mädchen, warb um den Mann, den sie ja gar nicht kannte, nur von einmal sehen, sie hätte ihn gern zum Papa gehabt. Kitti hatte zu ihr gesagt: »Heute besuchen wir den Papa.« Putzi drehte seine Haare zu Kordeln und wedelte die Enden um ihr Näschen. Was ihre Mama erzählte, verstand sie nicht. Manchmal knuffte sie Richard in die Brust. Damit er auf sie aufmerksam werde und lächle. Wenn er lächelte, war sie glücklich. Und er auch.

Kitti ließ nichts aus. Zum Beispiel beschrieb sie detailliert den Penis ihres Vermieters, der sei gefleckt, weiß mit daumenabdruckgroßen Pigmentflecken, wie manche Kühe auf der Weide, wie die Kühe in der Milka-Reklame, nur braun-weiß anstatt lila-weiß. Mir ist das bekannt, weil Richard ein Bild gemalt hat: ein die ganze Fläche ausfüllender fetter Mann mit einem erigierten gescheckten Penis. Den Titel des Bildes pinselte er ihm über den Kopf: *Der Vermieter*.

»Und jetzt?«, sagte Richard.

»Jetzt bin ich zu dir gekommen, jetzt bin ich da«, sagte Kitti. »Deine Lebensretterin. Damit du mein Leben rettest. Dann sind wir quitt.«

»Und ich soll was?«, fragte Richard. »Soll ich deinen Vermieter umbringen lassen?« Er wollte erzählen, dass er einen Freund habe, den mit den verqueren Armen, der wiederum Freunde habe, die so etwas organisieren könnten. Kitti roch nach zwei Worten die Aufschneiderei und schnitt ihm das Garn ab.

»Ob du für zwei Wochen Putzi 1 nehmen könntest, bis ich mit Putzi 2 aus dem Spital bin.«

»Und dann?«

»Dann hole ich sie wieder, und wir sind quitt.«

»Und wohin ziehst du mit den zwei Kindern? Du hast dann ja keine Wohnung mehr.«

Sie machte ihm große Lippen und hauchte durch ihre kleinen Zähne hindurch: »Bis dahin, mein Lieber, habe ich eine.«

Und er, der allen etwas vormachen wollte und dem jeder jederzeit alles vormachen konnte: »Wie kannst du das vom Spital aus organisieren? Das versteh ich nicht.«

»Ich, mein Lieber, lerne im Spital jemanden kennen. Wahrscheinlich sogar einen Arzt.« Ihre Wünsche, sagte sie, und Richard glaubte ihr, gingen nämlich immer in Erfüllung, und manchmal übertreffe die Erfüllung sogar den Wunsch, und Richard glaubte ihr.

Wie um wahrzumachen, was er glaubte, sagte er: »Ich kenne einen Arzt. Der wäre sicher nicht abgeneigt, wenn ich dich so anschaue mit den neuen Haaren. Er ist ein Psychiater. Hoch angesehen. Jedenfalls bei den Gestopften, und selber ist er auch gestopft, hat ja heutzutage fast jeder einen Hau, jedenfalls die Gestopften. Soll ich ihm sagen, dass ich jemanden kenne, der an einer Liebschaft mit ihm interessiert wäre?« Diesmal glaubte ihm Kitti und ließ ihn ausreden. »Er hat ein Ferienhaus oben am Pfänderhang. Dort kann er dich unterbringen und dich ein- oder zweimal in der Woche besuchen.«

»Ist es gemütlich dort?«, fragte sie.

6

Am selben Abend besuchte er mich und erzählte mir alles und spielte das Gespräch nach. Nicht, damit wir beide darüber lachten. Sondern um sich ein Bild von Kitti zu machen. Das tat er übrigens gern. Ich dachte zwar immer, er könne es nicht besonders gut, ich meine, Leute nachmachen, ich wollte es ihm auch immer wieder sagen. Dann kam ich aber drauf, dass er das brauchte. Heute denke ich, der Grund war ein Manko. Er musste etwas zu seinem eigenen machen, um es zu begreifen. Als verfügte er nicht über die Eigenschaft der Empathie. Man könnte das missverstehen, nämlich, dass er kein Herz hatte. Das meine ich nicht. Er musste erst etwas nachahmen, und dann verstand er es. Er musste Kitti nachspielen, dann verstand er sie. Allen, die ihn kannten, ist aufgefallen, dass er den Tick hatte, Sätze nachzusprechen. Wichtige Sätze sprach er nach. Manche meinten, er verspotte sie. Ich glaube inzwischen, auch seine Malerei diente demselben Zweck. Jedenfalls lehnte er das Wort »Kunst« immer ab. Als wäre es eine Zumutung. Aber er malte, wann immer er Zeit hatte. Und die wichtigen Gespräche spielte er mir vor. Ein Gespräch mit seinem Chef, das Gespräch mit dem Mann bei der Führerscheinstelle, ein Gespräch mit einem Polizeibeamten, der ihn wegen Drogenbesitz verhört hatte. Dann kam er zu mir und spielte mir vor, was er gesagt und was der andere gesagt hatte. Erst dachte ich, er wolle mir ein Bild machen, mir. Aber das stimmte nicht.

»Warum bitte, Richard, willst du dir ein Bild von dieser sogenannten Kitti machen?«, fragte ich.

Ich hoffte, mit dieser Abfälligkeit meine Antipathie gegen die Person, die ich, zugegeben, noch gar nicht kannte, deutlich gemacht zu haben. War er verliebt? Warum soll man sich sonst ein Bild von jemandem machen wollen? Und jetzt tat es ihm leid, dass er den Psychiater ins Spiel gebracht hatte. Dass er sich den eigenen Nebenbuhler selbst geliefert hatte. Ich kannte diesen Psychiater, ein fescher Mann, charmant, der würde nichts auslassen, auf Freundschaft nahm der keine Rücksicht, abgesehen davon, dass Richard kein so wirklich enger Freund von ihm war. Ich dachte, wieder schießt mein Bruder einen Bock. Klebt sich an eine unwürdige Frau und kriegt gleich zwei Kinder mitgeliefert.

Ich zeige Michael, was ich bisher geschrieben habe. Ich bin die Schwester, er war sein Freund. Michael war damals mein Liebhaber, ich war verheiratet. Irgendwann, als mein Mann auf Geschäftsreise war und Oliver bei seiner Großmutter und Undine bei meiner Schwester Gretel, wie ich es organisiert hatte, besuchte mich Michael, und wir machten es uns zwei Tage schön, rücksichtsloserweise in unserem Ehebett, da klingelte Richard an der Tür. Ich stellte die beiden einander vor, wir redeten und tranken Wein und rauchten ein bisschen von dem Gras, das er anbaute, und als er sich verabschiedete, sagte er zu Michael, er könne ihn gut leiden, und dass er mit mir, seiner Schwester, ein Verhältnis habe, darüber könne er nur begeistert sein, denn alles, was mir guttue, begeistere ihn. Ich gehöre nicht zu denen, die etwas nachspielen müssen, damit sie es sich merken. Diesen Wortlaut aber merkte ich mir. Michael merkte ihn sich auch. Nur eine Generation zurückgedacht, wäre das eine Unmöglichkeit gewesen. Wenn ich mir vorstelle, meine Mutter hätte einen Liebhaber gehabt und einer ihrer Brüder hätte das erfahren, in der Haut dieses Mannes hätte ich nicht stecken wollen. Nachdem mein erster Mann und ich uns hatten scheiden lassen und ein Jahr später Michael und ich geheiratet hatten, besuchte uns mein Onkel Sepp, er nahm Michael beiseite und sagte zu ihm, dass er eine Ehe zerstört habe, könne er nur wettmachen, indem er mich bis ans Ende meines Lebens auf Händen trage. Wenn er erfahre, dass er mich schlage, bringe er ihn um.

»Was hältst du davon?«, frage ich Michael, nachdem er die paar Seiten gelesen hat. Und ich sage wieder zu ihm, wie schon so oft, dass er Richard besser gekannt habe als ich. Ich sage es, um aus meinem Mann Neues über meinen Bruder herauszulocken. Nachdem ich Bücher über meine Großmutter und meinen Vater geschrieben hatte, war ich eine Zeit lang sehr unruhig, da hat Michael zu mir gesagt, ich solle ein drittes Buch schreiben, nämlich das Buch über meinen Bruder.

»Ich glaube nicht, dass er sich in Kitti verliebt hat«, antwortet er. Er meint, mein Bruder habe sich in seinem Leben nie verliebt.

»Habt ihr beide nie über dieses Thema gesprochen?«, frage ich.

»Nie.«

»Worüber denn?«, frage ich.

»Worüber sich Buben unterhalten.«

»Worüber unterhalten sich Buben?«

»Über das Weltall zum Beispiel.«

Und dass sie sich gegenseitig Rätsel aufgegeben hätten. Von dieser Art: Denk dir irgendetwas aus! Hast du? Und dann stellte der andere die Fragen. Und der eine durfte nur mit Ja oder Nein antworten. Ist es etwas Lebendiges? Ja. Ist es ein Tier? Nein. Ein Mensch? Ja. Und so weiter, bis am Ende Napoleon herauskommt. Oder so ähnlich. Oder ein anderes Spiel: Um einen Tisch sitzen vier Tote. Vor jedem liegt eine Spielkarte, vor einem zudem ein Revolver. Was ist geschehen? Antwort wieder nur Ja oder Nein.

7

Richard sagte oft und automatisch, wenn das Wort fiel: »Der Schriftsetzer ist die Avantgarde der Arbeiterklasse.« Inzwischen gibt es die Arbeiterklasse auch nicht mehr. Er arbeitete in einem kleinen Betrieb in der Nähe vom Bahnhof. Er hat mich einmal mitgenommen und mir die Maschinen gezeigt. Er war aufgeregt. Hat so liebevoll über die schwarzen Ungeheuer gesprochen, dass ich ganz rührselig geworden bin. Wir wollten gemeinsam ein Buch machen, etwas Unvergleichliches. Büttenpapier, Bleisatz, ausgewählte Typen, kolorierte Radierungen, von ihm gestaltet, Fadenbindung, Lesebändchen, Ziegenledereinband mit Titelprägung, Auflage zwanzig Stück, von uns beiden handsigniert. Dreiunddreißig Prosagedichte. Wir hätten die Auflage selber bezahlt und selber vertrieben, vielleicht eine Unterstützung vom Unterrichtsministerium bekommen, wahrscheinlich sogar, der bereits genannte Psychiater hatte sich gleich fünf Stück reservieren lassen und eine Anzahlung vorgelegt, die ist irgendwie im Leben meines Bruders versickert.

Sein Chef war ein Geizkragen wie aus einem *Micky-Maus*-Heft. Wegen der angestauten unbezahlten Überstunden fragte ihn Richard irgendwann nach einer Lohnerhöhung. Was ihm der Chef schließlich zubilligte, war so lächerlich, dass Richard, anstatt zu protestieren, ablehnte.

»Zweihundert Schilling?«

»Genau, Richard, zweihundert Schilling.«

»Pro Monat?«

»Pro Monat.«

»Aber das vierzehn Mal im Jahr.«

»Warum vierzehn Mal, Richard?«

»Der übliche Dreizehnte und Vierzehnte.«

»Aber ein Jahr, Richard, hat doch nur zwölf Monate.«

»Dann verzichte ich.«

Er dachte, das werde seinen Chef beschämen und er werde nun sogar mehr geben als verlangt.

Der Chef sagte nur: »Danke, Richard, das ist sehr edel von dir.«

Auch diese Szene spielte er mir vor. Weil er sich ein Bild von seinem Chef machen wollte.

Jeden Morgen, nachdem er ein Glas Milch getrunken hatte, was ihn Mühe kostete, stapfte er zu seiner Arbeit. Wer ihn sah, mochte denken, der da hat es gut, der flaniert, der muss eine Frau haben, die ihn aushält oder einen Brauereibesitzer als Vater, ein Mann in dem Alter und den ganzen Tag frei. Die Milch war wegen seiner Gesundheit, weil er mit Blei arbeitete. Milch gegen Blei – ich habe das nie verstanden. Schamasch nahm er mit, der lag neben der Setzmaschine. Auch ihm stellte er jeden Morgen eine Schale Milch parat. Der Hund musste sich nicht überwinden. Ein guter Hund, der nie bellte, der niemanden anknurrte und hinten und vorne nie etwas verlor. So eng waren die beiden, als wären sie einer.

»Noch zehn Jahre«, sagte ich, »und Schamasch hat ein Gesicht wie du und du eines wie Schamasch.«

Einen weißen Anzug hat er sich immer gewünscht. Er malte sehr bunte Bilder. Mit Öl- oder Plakatfarben. Jedes Bild, als wäre es eines, auf dem nachfolgenden Generationen vorgeführt würde, wie viele Farben es damals in der Welt gegeben hat. Wenn er malte, dann von morgens bis in die Nacht hinein. Rauchte nicht einmal dabei. Mit dünnen Pinseln malte er. Landschaften, in denen Menschen stehen. Zimmer, in denen Menschen stehen. Fußballplätze, auf deren Rängen Menschen stehen. Straßen, auf denen Menschen stehen. Hochzeitsbilder mit vielen Gästen. Keine Bewegung. Niemand geht oder läuft oder reitet oder schwimmt oder fährt mit dem Rad. Bilder wie an Dornröschens Geburtstag. Alle Menschen schauen dem Betrachter direkt und starr in die Augen. Als wäre das Gesicht des Betrachters plötzlich über ihrem Horizont erschienen und der Schrecken hätte sie starr gemacht.

Unser gemeinsames Projekt ist im Reden steckengeblieben. Aber dann hat sich ein Verleger für meine kurzen Prosastücke interessiert, und ich sagte, ich möchte, dass mein Bruder die Texte illustriert. Der Verleger sah sich die Bilder an, die in meiner Küche hingen, und er war verzaubert, verzaubert, als hätte ihm mein Bruder eine seiner Geschichten erzählt.

Er sagte: »Ihr Bruder ist ein naiver Maler.«

Darüber ärgerte sich Richard. Ich solle dem Verleger ausrichten, er sei ein naiver Trottel.

Ich sagte: »Naiver Maler ist ein Ehrentitel, Richard! ›Naive Malerei‹ ist ein Begriff wie ›Expressionismus‹ oder ›Kubismus‹. Der Verleger bewundert deine Bilder. Er hat dich mit Henri Rousseau verglichen. Er hat gesagt, er will dir die ganze Serie abkaufen. Er macht dir einen guten Preis. Das ist die Gelegenheit!«, drängte ich. »Er hat viele gestopfte Bekannte, die rücken Schweres heraus, mach einen hohen Preis, je höher, desto gieriger sind sie.«

Die Bilder seien nicht verkäuflich, antwortete er, nicht verkäuflich, nur »verschenklich«. Dennoch freute er sich und setzte sich gleich hin und malte sieben Bilder.

»Verkauf sie doch du!«, sagte er.

Was ich nicht tat. Zugegeben, es gab eine Zeit, als unsere Kinder Paula und Lorenz erst ein und drei Jahre alt waren, Undine und Oliver noch in der Schule, als Michael und ich gar nichts hatten, aber Schulden wie die Arche Noah Flöhe, und der Angestellte am Bankschalter, als ich 2000 Schilling fürs Tägliche abheben wollte, das wären heute nicht einmal 120 Euro, fragte, ob es nicht auch 1500 Schilling täten, da dachte ich daran, die Bilder zu verkaufen. Aber damals lebte der Verleger schon nicht mehr.

Richard hat auch Kitti gemalt. Ein Bild. Und das frei aus dem Kopf. Eine glatte rosarote feiste Haut. Wie die Haut eines prallen Schweinchens. Auch sie starrt das Monster am Horizont an. Nichts an dem Bild erinnert an das Original.

»Ich habe ihr nicht gesagt, dass sie es ist«, verriet er mir.

Warum er sie denn nicht gemalt habe, wie sie wirklich sei, fragte ich.

»So ist sie«, sagte er.

»Übrigens«, sagt Michael, »was du da geschrieben hast, dass er die *Schatzinsel* nachgespielt hat oder nachspielen wollte, Israel Hands mit dem Messer zwischen den Zähnen hinter Jim Hawkins her den Mast hinauf, du hast geschrieben, dass er sich mit Jim Hawkins identifiziert hat oder so ähnlich, das stimmt nicht. Das glaube ich nicht. Das war nämlich das Eigenartige an ihm. Dass er sich eben gerade nicht mit den Figuren identifiziert hat, die ihm im Kopf herumgegeistert sind, die er sich ausgedacht oder angelesen hat, wie Jim Hawkins oder den Mönch von Matthew Gregory Lewis oder den Bahnwärter Thiel oder den Taugenichts von Eichendorff. Er hat diesen Figuren zugeschaut beim Leben, den angelesenen und den ausgedachten, er hat ihnen zugeschaut, was sie tun, und ist ihnen hinterher. Er hat sich nicht gedacht, wie wäre es, wenn ich der wär. Und er selber, er war sich auch so eine Figur. Mit der er sich nicht identifiziert hat. Der er einfach nur zugeschaut hat. Was sie so treibt. Was mit ihr geschieht. Und ist ihr nachgegangen. Ist sich selber nachgegangen. Einfach hinter sich selber her.«

8

Am letzten Septemberabend, Kartoffelfeuergeruch lag über der Stadt, gerade erst waren Richard und Schamasch von ihrer Arbeit nach Hause gekommen, stand eine Frau vor seiner Wohnungstür, auch sie hatte der nette Nachbar unten hereingelassen. Sie sei die Nachbarin von Kitti. Kitti habe ein Mädchen auf die Welt gebracht, sie sei noch im Spital und sehr traurig. Sie habe sie gebeten, Putzi zu ihrem Vater zu bringen. Putzi sitze unten im Auto. Ob sie das Kind hereinholen dürfe. Mit einem Unterton, der deutlicher war als der Oberton: Wenn du dich schon bisher so wenig um deine Tochter gekümmert hast, du Hallodri, dann tu es jetzt!

»Ja, klar«, sagte Richard nur. Ich brauche mich nicht anzustrengen, um sein Gesicht vor mir zu sehen: ein unübertrefflich erwachsener Ausdruck, wie ihn nur jemand zusammenbringt, der nicht erwachsen ist. »Ja, klar.«

»Papa!«, rief Putzi, als sie die Stiege hinaufkletterte, einen Fuß vor, den anderen nach, den einen wieder vor, den anderen wieder nach. Schamasch wedelte mit dem Schwanz, dass es ihm fast die Hinterbeine vom Boden riss, und bellte, aber nur ein Mal. Sie hielt Richard ihre Ärmchen entgegen, eine Rotznase hatte sie und schniefte, er lupfte sie hoch und drückte sie an sich und machte dabei sein unübertrefflich erwachsenes Gesicht – wie ein Kind, das nicht mehr aus noch ein weiß.

Da standen sie nun in seinem kleinen Zimmer, der falsche Papa und die falsche Tochter. Putzis Höschen war nass. Die Frau hatte einen kleinen Koffer dagelassen, den öffnete er, fand darin fünf Windeln und ein paar frische Anziehsachen, grob hineingestopft, wie wenn man jemanden loswerden will.

»Hast du Lust auf etwas?«, fragte er. Er sprach mit Putzi wie mit einer Erwachsenen, als wäre sie eine wie er, aber er war ja auch nicht erwachsen, nicht, was man darunter versteht.

»Ja, habe ich«, sagte sie und schaute ihn glücklich an.

»Und auf was?«

»Ja, habe ich«, wiederholte sie.

»Willst du jassen?«

»Ja, will ich.«

Sie wusste natürlich nicht, was Jassen ist. Er holte ein Paket Jass-Karten aus dem Kasten und legte die Karten auf. Es sind die schönsten Spielkarten, die es gibt, das ist meine Meinung. Auf jeder Karte ist ein Bild, aus dem man eine Geschichte lesen kann. Zum Beispiel das sogenannte Weli, das heißt so, weil obendrüber »Weli« steht. Niemand weiß, was das bedeutet. Es ist der Schell-Sechser. Ein Grabstein ist abgebildet, ein Trauerbaum senkt sich darüber, und merkwürdigerweise sind auch noch eine Eichel und ein Herz darauf. Besonders gut gefiel Putzi der Herz-Achter mit dem Elefanten, über den eine rotgelb gestreifte Decke gelegt ist, oder der Herz-Sechser mit dem Löwen oder die Laub-Ass mit dem Einhorn und dem Hirsch, die sich beide aufbäumen, oder die Schell-Ass mit dem Schwein. Geduldig, mit Freude und viel Gelächter brachte mein Bruder dem Kind das Jassen bei. Dann spielten sie ernst und um Geld. Dazu füllte Richard zwei Marmeladengläser mit Zehngroschenstücken auf, die er bei der Bank eingewechselt hatte. Auf ein Glas klebte er eine kleine Zeichnung von Putzi, auf das andere schrieb er seinen Namen, seinen vollen Namen: Richard Helfer.

Nun fragte er: »Welche Farbe willst du haben? Gelb, Rot oder Grün?«

»Grün«, sagte Putzi.

»Warum Grün?«

»Rot.«

»Warum Rot?«

»Grün.«

»Grün heißt Laub.«

»Rot.«

»Rot heißt Herz.«

»Rot.«

»Gut, Rot.«

Er habe, erzählte er mir, überlegt, zur Polizei zu gehen, Putzi dort einfach abzugeben. Sie sei ihm auf der Straße zugelaufen. Was tut einer, dem ein Kind zuläuft? Er geht zur Polizei. Ein Mann mit Gewissen tut das. Mit dem Köfferchen in der Hand sei sie ihm zugelaufen. Das habe er aber verworfen, der Koffer sei zu schwer für ein Dreijähriges. Außerdem schaute ihn Putzi so lieb an, so unheimlich lieb. Außerdem kannte man ihn auf dem Posten, weil man ihn schon öfter mit Marihuana erwischt hatte, allerdings nie genug, um ihn dranzukriegen. Kittis Nachbarin war auch schon weg. Als Richard das Kind auf den Arm hob, war sie schon halb über die Stiege unten gewesen. Gleich hatte er das Auto abfahren hören.

Also kam er mit dem Kind zu mir. Mein Mann, mein erster, war auf Vertreterreise, er warb für einen sensationellen Klebstoff, der die Moleküle der beiden zu verbindenden Teile miteinander verwob, als wären sie ein Stück. Oliver und Undine waren bei meiner Schwester Gretel und der Großmutter. Gretel wusste, dass ich einen Liebhaber hatte, sie wusste auch, dass ich mich scheiden lassen wollte und dass wir beide es ernst meinten miteinander. Sie mochte Michael. Vom ersten Augenblick an. Sie hatte seine Hand genommen und so heftig geschüttelt, als wäre sein Arm ein Teil von einem Brunnen, mit dem man Wasser aus dem Boden pumpen kann. An diesem Abend, wie berichtet, lernten Richard und Michael einander kennen. In meiner Küche war ein Kanapee, da legten wir Putzi darauf, deckten sie mit Undines Decke zu. Eine Weile schaute sie uns stumm an aus ihren funkelnden Augen, dann schlief sie ein. Ich habe gehört, wie sie im Schlaf seufzte. Wie eine Erwachsene. Und wir drei tranken Wein, Richard baute einen Joint, den ließen wir rundumgehen.

Bis in den November hinein, fast zwei Monate, hörte er nichts von Kitti. Er tat allerdings auch nichts, um sie zu finden. Wie bei allem in der Welt rechnete er nicht damit, dass jemand erwarte, auch nur die geringste Initiative habe von ihm auszugehen. Er hatte sich damit abgefunden, dass ein Kind bei ihm lebte, das Papa zu ihm sagte. Er lernte, Putzi für die Nacht zu wickeln. Er kochte verschiedenes Mus. Er brachte ihr bei, mit dem Schöpflöffel das Mus auf den beiden Tellern zu verteilen. Das Mus war zäh und der Haufen auf ihrem Teller fast so groß wie ihr Köpfchen. Er brachte ihr, die viel zu klein dafür war, die Ziffern bei und die Buchstaben in ihrem Namen, P, U, T, Z, I. Und brachte ihr die Ziffern und die Buchstaben in Spiegelschrift bei, er war ja Schriftsetzer, wie der Vater, so die Tochter. Er besorgte Buntstifte, für jede Ziffer einen, 1 war hellgelb, 2 hellrot, 3 braun, 4 hellgrün, 5 kräftig grün, 6 kräftig rot, 7 orange, 8 blau, 9 violett. Er unterhielt sich mit Putzi, wie er sich mit Schamasch unterhielt, nämlich wie er sich mit seinem Freund, dem mit den verqueren Armen, unterhielt, nämlich in einem ruppig liebevollen, ironischen Erwachsenenton.

Wenn er ihr einen bunt gedrehten Lutscher mitbrachte, sagte er: »Schau, Putzi, ich habe da etwas besonders Grausiges für dich gefunden.«

Hätte ihn einer gefragt, hätte er geantwortet: Nein, ich habe keine Probleme. Schamasch und Putzi liebten einander wie Geschwister, also. Putzi vermisste ihre Mutter nicht, also. Putzi liebte ihn, wie je eine Tochter ihren Vater geliebt hat, also. Tagsüber, wenn er arbeitete, war Putzi bei mir, manchmal bei Gretel, selten bei Michael. Er gewöhnte sich an, früh aufzustehen. Also wo sollten die Probleme sein? Mein Mann, bei allem Unschönen zwischen uns, war doch ein Großzügiger, er hatte irgendwann in seinen Dreißigern akzeptiert, dass sein Leben und mein Leben, das Leben seiner Eltern und sonst noch die meisten Leben um ihn her, besonders das Leben seines Schwagers, dass jedes für sich ein unbeherrschbares Durcheinander war, da richtete ein niedliches kleines Mädchen mit abgrundtief ernsten Augen und einem immer lächelnden Mund kein weiteres Chaos mehr an. Und meistens, wenn er am Abend nach Hause kam, hatte Richard Putzi ja auch schon wieder abgeholt.

Am Anfang fragte ich ihn noch manchmal: »Wie soll das weitergehen, Richard?« Ich machte ihn darauf aufmerksam, dass diese Situation irgendwie nicht legal sein könne, ein Mann, der mit dem Kind einer Frau zusammenlebe, die er nicht öfter als drei-, viermal gesehen habe.

Er antwortete: »Schauen wir.«

Ich sagte: »Die meldet sich nie wieder!«

Er antwortete: »Schauen wir.«

Seine Wochenenden verbrachte er nur mit der Kleinen. Spielte Klötzchenbauen mit ihr, übte mit ihr zählen bis zehn, und gemeinsam schufen sie Gemälde und komponierten zweistimmige Kantaten. Zusammen mit Michael besuchte er am Samstagvormittag das Fahrradgeschäft Lang in der Jahnstraße, und sie erklärten Putzi, was ein Moped ist und was ein Fahrrad, sie setzten das Kind auf das eine und schoben es eine Runde, dann auf das andere. Sie hielten Putzi an Händen und Füßen und schaukelten sie, bis sie vor Vergnügen quietschte. Am Sonntagmorgen spazierte er mit ihr durch die leere Stadt und ließ sie Automarken auswendig lernen und fragte sie ab und lobte sie, weil sie immer alle kannte. Sie schleckten Eis und plantschten bei der Mole mit den Füßen im Wasser. Als sie müde war, trug er sie am Abend auf seinen Schultern hinauf in die Oberstadt, sie legte ihr Köpfchen auf seine Haare, er hielt sie an den Ärmchen. Zu Hause machte er ihr noch eine Ovomaltine heiß und legte sie in ihr Bett, das er für sie gebastelt hatte. Schamasch saß aufrecht neben ihr und machte sein Wächtergesicht. Ich habe mir wirklich große Sorgen gemacht und mir überlegt, was ich sagen würde, wenn schließlich alles auffliegen und Richard womöglich tatsächlich mit dem Gesetz zu tun kriegen und ich dann als seine Zeugin aufgerufen würde. Ich würde sagen: Er war Putzis Paradies, und Putzi war sein Paradies. Und dann würde der Richter sagen: Also jetzt einmal im Ernst, kein Kind heißt Putzi, wie heißt sie wirklich? Und weder Richard noch ich könnten eine Antwort geben. Und das wäre der endgültige Beweis dafür, dass er und ich Halunken waren, Schurken, eigentlich Verbrecher.

Irgendwann sagte ich zu ihm: »Pass auf, wenn es darauf ankommt, wird sie behaupten, du hast ihr Putzi entführt.«

Und wieder sagte er nur: »Schauen wir.«

Und dann, Mitte November, stand sie vor seiner Tür. Kitti.

Jeans mit aufgenähten winzigen runden Spiegelchen. Schwarz gefärbte Haare. Um den Bizeps herum eine frische Tätowierung, Dornenkrone mit Blutstropfen. Er solle Putzi rausrücken.

Als er mir das erzählte – und nachspielte –, sagte ich: »So hat sie sich ausgedrückt? Genau so? Dass du das Kind ›rausrücken‹ sollst?«

So und nicht anders hatte sie sich ausgedrückt. Sie hat an ihm vorbei in die Wohnung geschaut, da saß Putzi am Boden und spielte mit Schamasch. Kitti schob Richard zur Seite, er solle den Hund festhalten, befahl sie, nahm Putzi beim Händchen, zerrte sie zur Tür hinaus und über die Stiege hinunter. Richard hörte, wie das Kind weinte und schrie: »Papa, Papa!« Er musste Schamasch festhalten, der tobte.

9

Auch beim Fliegen habe er ans Liegen gedacht, sagte ich – dabei ist er nie geflogen in seinem Leben. In Afrika ist er mit dem Schiff gelandet, erst per Autostopp nach Spanien, dann mit der Fähre nach Marokko und weiter per Autostopp zum Ort seiner Sehnsucht: Marrakesch. Damals war er erst siebzehn, hatte gerade seine Gesellenprüfung absolviert. Wenn er vom Fliegen sprach, und er wäre sehr gern geflogen, am liebsten nach Südamerika, schwärmte er davon, dass man in erstklassigen Flugzeugen die Sitze zurückklappen könne und schlafen, über allem von der Welt schlafen, bis der Lautsprecher verkünde, gleich werden wir landen, in Buenos Aires oder Montevideo oder São Paulo oder Rio de Janeiro oder Caracas. Von Zürich wegfliegen und liegen und schlafen, zwölf Stunden.

Sogar beim Liegen hat er ans Liegen gedacht – so war mein Bruder Richard. Den unser Vater »Löwenherz« nannte …

II

Eine lange Leitung

I

... den unser Vater sein Leben lang gern »Löwenherz« genannt hätte. Ihn aber nur selten so nannte. Und wenn, dann so tat, als meinte er es bloß ironisch und nicht zärtlich. Weil er fürchtete, der erwachsene Richard könnte sagen: Lass das! – Warum fürchtete er sich? Richard hätte so etwas doch nie gesagt.

»Hätte er so etwas gesagt?«, frage ich Michael.

»Gedacht hätte er es«, sagt Michael. »Wir haben nie über euren Vater gesprochen.«

Richard brauchte die Liebe unseres Vaters nicht. In so konzentrierter Form war sie außerdem nicht genießbar. Wie ein Suppenwürfel ... – Das hat sich mir so aus der Hand geschrieben, automatisch, beim Durchlesen klingt es von oben herab. Wer bin ich, dass ich so etwas schreibe! Ich lass es trotzdem stehen. Gefühle waren für unseren Vater ein unauflösliches Knäuel und für Richard nicht besonders interessant. Übersetzt in Allerweltsliebessprache hieß »Löwenherz« für unseren Vater: Du bist mein Ein und Alles. Richard wollte niemandes Ein und Alles sein.

So sehr hatten wir uns auf unser Brüderchen gefreut, meine Schwester Gretel und ich, ich damals sechs, Gretel acht, und als es dann auf dem Bauch unserer Mutter lag, alles war weiß, war es allerliebst und übertraf haushoch unsere eingebildeten

Puppen, mit denen wir lieber spielten als mit unseren wirklichen. Wenn ich zurückdenke, und ich kann mich sehr gut erinnern, drückt's mich in der Brust. Nämlich wegen der Ungerechtigkeit. Unserer Mutti gegenüber. Wir verhielten uns so, als hätte sie ihre Schuldigkeit getan. Als hätte ihr Anteil an dem Kindchen darin bestanden, es auf die Welt zu bringen. Nun waren wir dran. Wir, das waren meine Schwester und ich und unser Vater. Mutti lag im Ehebett, die Fenster abgedunkelt, die Haut weiß, das Kissen weiß, die Zudecke weiß, das Kind auf ihrer Brust weiß, sie lächelte und lächelte weiter, wenn wir ihr das Kind wegnahmen, um mit ihm zu machen, was unser Anteil war.

An seinem Mündchen konnte ich mich nicht sattsehen. So unvergleichlich rosarot, so unvergleichlich feucht. Wenn mich niemand beobachtete, überkam es mich, ich nahm die beiden winzigen Lippen zwischen Daumen und Zeigefinger und knetete sie, erst sanft, dann fester, und drückte sie so fest, dass er schrie. Gretel konnte sich an seinen Händchen und Füßchen nicht sattsehen und nicht sattgreifen, und auch sie tat es, bis er schrie.

»Schau doch«, sagte sie, »die sind, als hätte man sie ihm angeschraubt.«

Sie zog die wulstigen weißen Unterärmchen und die zierlichen Händchen auseinander, um zu sehen, ob sie vielleicht wirklich einzeln und angeschraubt wären oder angeklebt oder angenäht.

Er war zum Kneten weich, und er gab uns das Gefühl, er habe wichtige Sachen im Kopf. Schon als seine Augen noch halb blind waren. Als überlegte er, wie er Wichtiges von drüben herüberretten könnte. Schnell wuchsen ihm Haare.

Glücklich waren wir, als wir zur Muttermilch zufüttern durften. Erst mit der Flasche, dann mit einem Löffelchen aus Elfenbein. Wir waren stolz auf ihn, als er aus den ersten Strampelhosen herausgewachsen war. Wir wären gern mit ihm in der Seilbahn hinunter ins Dorf gefahren, um ihn herzuzeigen, weil er bei gewissem Lichteinfall goldene Locken hatte und eine Augenfarbe zwischen Braun und Grün, manchmal mehr das eine, manchmal mehr das andere, wer hat schon solche Augen. Ich besitze noch seine kleinen Schuhe mit dem Lochmuster, die ihm Tante Irma zur Geburt geschenkt hat, sie sind blassrot und hängen an den originalen Schnürsenkeln am Bücherregal hinter meinem Schreibtisch. Damals dachte ich, was soll das bitte für einen Sinn haben, jemandem, der einen Waschlappen nicht von einer Hand unterscheiden kann, ein paar Lederschuhe zu schenken. Jedes Mal, wenn unser Vater aus seiner »Studierstube« zurückkehrte, das war ein Zimmer unten im Tal in der Stadt, brachte er Richard etwas mit, einmal einen Affen mit beweglichen Armen. Für uns nichts. Wieder dachte ich, was kann das für einen Sinn haben? Der Affe ist fast so groß wie der Säugling, der eine hat dem anderen nichts zu sagen. Der Säugling kaut auf dem Affenohr herum, das ist aber auch schon alles. Nicht einmal zum Kuscheln kann der Affe gut sein, weil der Säugling noch gar nicht weiß, was Kuscheln ist. Also haben der Affe und die anderen Dinge nur einen Sinn, nämlich uns, Gretel und mir, zu sagen: Ihr nicht. Nur Richard war der Liebling unseres Vaters. Und er blieb sein Liebling bis in den Tod.

Wir lebten damals noch auf der Tschengla, 1220 Meter über dem Meer, das war unser Paradies, wo es nach Fichtenharz roch und manchmal nach Föhn, wo es Honiglöffelchen aus

Elfenbein gab, eine ganze Schublade voll. Wir wohnten im Kriegsopfererholungsheim, unser Vater war der Verwalter. Die Kriegsopfer verbrachten hier zwei Monate im Sommer ihren Urlaub, sie »tankten Sonne« – wie sie dazu sagten und ich mir vorzustellen versuchte – und ließen es sich bei dem Rhabarberkuchen gut gehen, den unsere Tante Irma blechweise backte, dazu Kaffee und einen Obstler. Frühling, Herbst und Winter gehörte das große Haus unterhalb des Waldes uns, uns ganz allein. Wir, das waren: Vati, Mutti, Gretel und ich und Tante Irma. Sowie eine Haushaltsgehilfin und eine Köchin. Da kam niemand und sagte: Hallo, meine Herrschaften, Sie arbeiten zwei Monate im Jahr, werden aber für zwölf Monate bezahlt, das geht doch nicht! Das ging eben doch, weil wir nämlich im Paradies lebten und sich so knapp nach dem Krieg niemand traute, in einem Kriegsopfererholungsheim Aufrechnung zu halten und Befehle zu geben. Und jetzt hatten wir zu allem Guten dazu auch noch ein Baby.

Um das Haus war eine Holzveranda, nach Süden und Westen hin breit, nach Osten und Norden schmal wie ein Trottoir. Gretel und ich wechselten uns ab, einmal durfte sie, dann durfte ich den Stubenwagen mit dem Korbgeflecht rundherum schieben. Während die eine schob, saß die andere auf der Verandakante, die Knie eng beieinander, die Hände gefaltet und im Schoß, und zählte auf hundert. Was die eine länger allein mit unserem Bübchen war, rechnete sich die andere dazu, wenn sie drankam. Das Warten, ich erinnere mich, war ebenso süß wie das Schieben. Ich zählte nie. Ich wusste, Gretel zählt. Sie verdirbt sich die Freude des Schiebens mit Zählen. Weil sie gerecht und genau sein wollte. Ich ließ die Gedanken schweifen, ich glaube, damals hatte ich zum ersten Mal das Gefühl glücklichen Alleinseins, nach dem ich mich bis heute sehne und das sich nicht machen lässt, es kommt oder kommt nicht. Und macht am glücklichsten, wenn es unverhofft kommt. Ich dachte, zwei Minuten bin ich jetzt allein, länger will ich nicht, länger muss ich nicht.

Ich hörte Gretel ums Eck kommen und zählte laut: »Hundertzweiundzwanzig, hundertdreiundzwanzig, hundertvierundzwanzig …« Und sagte: »Du hast schon wieder überzogen, Gretel. Ich muss es mir leider anrechnen.«

So taten wir. Wenn das Bübchen weinte, wusste die eine, was die andere getan hatte, und umgekehrt. So verbrachten Gretel und ich unsere Nachmittage. Die Hausaufgabe war gemacht. Die Mutter im Elternschlafzimmer war gestreichelt, zu Mittag war gegessen, »Danke, gut war's« war gesagt.

Unser Vater trat aus dem Haus, an manchen Werktagen band er sich eine Krawatte um, obwohl nicht zu erwarten war, dass uns jemand besuchte. Er liebte es, zu karierten Hemden gestreifte Krawatten zu tragen. Er nahm unser Brüderchen aus dem Wagen, seufzte, drückte sein Gesichtchen zwischen Oberarm und Brust, bis der kleine König schrie. Richard Löwenherz, der verschollene König, der am Ende von einem Sänger gefunden und aus seinem Verlies befreit wurde.

Unsere Mutti lag im Bett und erholte sich. Erst hieß es, sie erhole sich, dann: Sie ist krank.

2

Einmal fiel er uns vom Tisch auf den harten Boden. Aus siebzig Zentimeter Höhe. Gretel und ich hatten ihn wickeln wollen, sie dachte, ich halte ihn fest, ich dachte, sie halte ihn fest. Er sah aus wie tot. Die Augen unheimlich und zur Seite gekippt. Das Mündchen offen, erbsenrund. Kein Laut. Keine Bewegung. Wie eine Puppe, nie wieder würde ich mir einbilden können, eine Puppe lebe, dachte ich, so viel leere Zeit war. Endlich hörten wir ein leises Saugen, das war die Luft, die er einzog, es wurde lauter, und er schrie. Und wir auch. Er wurde blau vor Schreien. Wir waren glücklich. Glücklicher als bei seiner Geburt. Er war nicht tot. Aber wir fürchteten, er könnte einen Schaden davon haben, und wollten ihn beobachten. Es war Sommer. Zum Glück. Im Winter geht vieles schlechter aus. Wir trugen ihn aus dem Haus, über die Wiese, in den Wald. Gretel trug ihn, das hatten wir mit Schere-Stein-Papier ausgelost, ich hinterher mit der Zudecke und dem Kissen. Wir legten ihn auf die Decke ins Moos und beobachteten ihn, unsere Köpfe über seinem Gesicht wie riesige Schutzengel. Wenn wir mit dem Finger vor seinem Näschen hin und her wackelten, lachte er und strampelte kurz mit den Beinchen.

»Das ist ein gutes Zeichen«, sagte Gretel.

»Zwick ihn«, sagte ich.

»Warum ich?«, sagte sie, sie war immer noch knapp am Weinen, ob vor Angst oder vor Glück.

»Du zwickst ihn ja sonst auch«, sagte ich.

»Das tu ich nicht, ich drücke ihn lieb, aber nur leicht.«

»Warum weint er dann, wenn du ihn drückst?«

»Bei dir weint er auch«, sagte sie.

Ich zwickte ihn in den Oberschenkel, er verzog die noch haarlosen Brauen und den Mund und weinte. Es schien ihm gut zu gehen. Auch keine blauen Flecken, nicht einmal rote.

»Also wird er ein harter Mann«, sagte ich zu Gretel.

Wir beobachteten ihn weiter in den folgenden Tagen. Ich holte heimlich das zusammengerollte Maßband aus dem Nähkorb von Tante Irma und maß die Höhe des Wickeltisches: siebzig Zentimeter. Ich schraubte die Glühbirne aus einer der Lampen im Speisesaal und ließ sie über die Kante des Tisches rollen. Sie zerplatzte. Ich wiederholte das Experiment mit einer Kaffeetasse. Sie zerbrach. Ich versuchte es mit einem Steinguttopf, er blieb ganz. Unser Bruder war wie vor dem Sturz, strampelnd, lachend, schauend, gurrend, schniefend, schmatzend, aber in der Nacht, bevor ich einschlief, fiel mir immer wieder das Geräusch ein, als er auf den Boden gefallen war. Es war ein erwachsenes Geräusch. Ich dachte, so ein Geräusch macht ein Erwachsener, wenn er auf einen Betonboden fällt oder hingeworfen wird, bei einem Säugling ist es leiser, wie wenn man das Radio leiser dreht. Dieser Gedanke beunruhigte mich lange. Ich vergaß ihn, er kam wieder, ich vergaß ihn, er kam wieder und setzte sich als eine Warnung in meinem Kopf fest: dass, wenn unser Bruder erwachsen ist, sich die Folgen des Sturzes erst zeigen werden. Zum Glück war das Unglück nicht an meinem Geburtstag geschehen, ja, das dachte ich, dann wäre ich schuld gewesen, ich allein, und womöglich wäre alles schlecht ausgegangen, so dachte ich. Geburtstag war nichts Gutes für mich. An meinem sechsten Geburtstag schrie Gretel auf einmal furchtbar laut und griff sich an den Kopf und fiel nieder. Der Anfall dauerte eine Viertelstunde, sie wand sich und schrie und verdrehte die Augen. Dann war es genauso plötzlich zu Ende, und sie schlief einen halben Tag und eine Nacht. Niemand wusste, was es gewesen war. Ich dachte, es sei mein Geburtstag gewesen. An meinem zehnten Geburtstag erhängte sich ein Waldarbeiter in der Nähe unseres Kriegsopfererholungsheims. Er hatte vorher eine ganze Flasche Schnaps getrunken und ein ganzes Röhrchen Tabletten geschluckt. Zum Glück war nicht mein Geburtstag, als uns Richard von der Wickelkommode fiel.

Irgendwann nach Richards Tod erinnerte ich mich an diesen Nachmittag oben auf der Tschengla. Ich rief Gretel an, tat, als ob ich sie einfach wieder einmal anrufen wollte, redete Belanglosigkeiten, hörte ihr zu und fragte schließlich, ob sie sich noch daran erinnere, als wir den kleinen Richard gewickelt hätten und er uns auf den Boden gefallen sei. Sie erinnerte sich nicht. Für einen halben Tag durfte ich mir einbilden, das hätte ich nur geträumt. Als wir auf dem Friedhof alle um sein Grab standen, hatte ich ein schlechtes Gewissen, und ich wusste nicht, warum. Aber es war ja nichts passiert damals. Und ein harter Mann ist aus Richard nicht geworden.

»Würdest du sagen, er war ein harter Mann?«, frage ich Michael.

»Komische Frage«, antwortet er.

Richard war fünf, als unsere Mutti starb, und da nahm ihn Tante Irma zu sich. Sie, die Zierliche, Vornehme, Feine, hatte inzwischen einen Koloss von einem Mann geheiratet, eins neunzig hoch, einen Blinden mit einer Stimme wie die Posaunen von Jericho. Tante Irma verwöhnte Richard, ihr Mann war eifersüchtig, unser Bruder lebte unter dem Donner seiner Klagen. Aber es ging ihm gut. Gehauen worden ist er nie. Mit ihm geschimpft wurde nicht, höchstens über ihn, aber das ging Tante Irma hier hinein und dort hinaus. Am helllichten Werktag kaufte sie ihm ein ganzes Paket Buntstifte, die fetten teuren, sie lobte seine Zeichnungen und tat so, als käme er von einem anderen Stern. Sie hielt ihn ihrem Mann als Vorbild hin. Er dagegen sei nur groß und wuchtig, aber ohne nennenswerte Talente. Außer massieren, das konnte er gut. Wir Mädchen dachten mit Sehnsucht und Neid an unseren Bruder. Wir dachten, wir hätten ihn verloren.

Wir hatten nun noch eine Schwester dazu, Renate. Sie kann sich an unsere Mutter nicht erinnern, Mutti starb ein Jahr nach ihrer Geburt. Renate lebt in Berlin, im Sommer besucht sie uns manchmal, dann kommt auch Gretel, und wir drei Schwestern sitzen auf unserer Terrasse. Renate sagt, sie habe es als Kind ganz normal gefunden, zu keinem Erwachsenen zu gehören, sondern nur zu uns, zu Gretel und mir, die wir ja auch noch Kinder waren. Renate sagt, sie habe es ganz normal gefunden, anders zu sein als alle anderen. Sie zitiert *Zwei glorreiche Halunken*: »Es gibt zwei Kategorien von Menschen, solche mit Familie und solche ohne.« Gretel und ich hätten ihr von Anfang an den Eindruck vermittelt, dass es für uns drei nichts Festes gebe, nur uns drei und unsere sechs Füße auf der Erde, dass wir jederzeit damit rechnen müssten, unsere kleinen Koffer zu packen. Michael sagt, Renate übertreibe gern. Ich sage, nein, sie übertreibe nicht.

Unser Vater war zerbrochen. Er gab die Stelle als Verwalter auf und damit auch unsere Wohnung. Er wollte nicht mit uns sein, auch nicht mit Löwenherz. Er wollte ein enges Zimmer, so eng wie das Zimmer, in dem er zusammen mit seiner Mutter vor dem Krieg gelebt hatte, er wollte Bücher lesen, die nicht von Menschen handeln, Chemiebücher, Physikbücher, geografische Bücher, historische Werke, er wollte eine Suppe serviert bekommen von einer Klosterschwester, sonst wollte er nichts. Er konnte sich nicht um uns kümmern. Man musste sich um ihn kümmern.

Wir drei Mädchen hielten zusammen. Wir sagten uns das auch immer wieder vor, Gretel und ich, Renate war noch zu klein.

Gretel sagte: »Wir müssen zusammenhalten, wir drei.«

Ich sagte: »Wir halten zusammen.«

Und Gretel, weil sie das irgendwo gelesen hatte, nicht, weil sie verstand, was es bedeutete: »Wie Pech und Schwefel.«

Und die kleine Renate wiederholte: »Peckunschefl.«

Wir waren bei unserer anderen Tante, bei Tante Kathe, untergebracht worden, in der kleinen Wohnung in Bregenz im Ortsteil Vorkloster, in der Südtirolersiedlung, drei Zimmer, Tante Kathe, ihr Mann Theo, zwei Söhne und eine Tochter und wir drei. Manchmal kam Onkel Sepp auf Besuch und manchmal dazu noch Onkel Walter und Onkel Lorenz. Gretel, Renate und ich schliefen im Wohnzimmer auf dem Sofa und auf zwei Matratzen am Boden.

»Wir drei müssen zusammenhalten«, sagte Gretel vor dem Einschlafen, das war wie Gute-Nacht-Sagen.

Renate sagte: »Peckunschefl!«

Irgendwann fuhr es mir beim Abendessen heraus, als alle um den Küchentisch herumsaßen und auch noch in der zweiten Reihe und so viel geraucht wurde, dass ich kaum einen Onkel vom anderen unterscheiden konnte, gleich hätte ich mir die Zunge abbeißen wollen:

»Lebt der Bruder Richard eigentlich noch?«

Da sagte Tante Kathe, nachdem sie tief Luft geholt hatte: »Sodann. Am Montag besucht ihr ihn. Basta.«

3

Tante Kathe wollte nicht dabei sein, wenn wir ihre Schwester besuchten. Warum nicht? Ich fragte, sie antwortete: »Darum nicht.«

Tante Irma und ihr Mann besaßen einen Telefonanschluss. Wahrscheinlich, weil er blind war und ihm von der Post eine schnelle Ausnahme gewährt wurde. Das war nicht gewöhnlich. Ich glaube eher, weil er in die Behörde gestürmt war und gebrüllt hatte wie beim »Großer Gott, wir loben dich« in der Kirche und die Beamten sich keinen anderen Rat gewusst hatten, als ihm zu gehorchen. Tante Kathe schickte ihre Tochter zur Post, sie solle anrufen und uns ankündigen. Die drei Mädchen wollen ihren Bruder sehen.

Tante Irma wohnte in Feldkirch, das war vierzig Kilometer südlich, und ein Stück außerhalb der Stadt, wir würden das Haus von allein nicht finden. Also beschloss Tante Kathe, mit uns »zu üben«.

Das hieß: Am Tag vor unserem Besuch zogen wir unsere guten Sachen an und fuhren zusammen mit ihr im Zug nach Feldkirch. Der Weg vom Bahnhof sei zu weit, als dass sich ein einziges Kind ihn merken könne, sagte sie, also werde sie den Weg halbieren, die Renate sei noch zu klein. Die erste Strecke war die kompliziertere, die sollte ich mir merken, nämlich vom Bahnhof bis zur Marktstraße.

»Merk dir, was ich dir vorsage, und wiederhole es!«, befahl

sie, nachdem wir aus dem Zug gestiegen waren. »An der Friedhofsmauer entlang und geradeaus bis zur Hauptstraße, dort erst rechts, dann links, am Dom vorbei und geradeaus die Gasse hinunter bis zur Marktstraße, die erkennt ihr, weil links die Johanniskirche steht und rechts das Gasthaus Lingg.«

Gretel war beleidigt, weil Tante Kathe mir den schwierigeren Teil gegeben hatte und nicht ihr, die doch die Ältere und in den Augen aller die Vernünftigere war.

Auch Tante Kathe hatte ihre guten Sachen angezogen, ein dunkelblaues Kostüm und eine weiße Rüschenbluse mit einer goldenen Brosche auf der Brust, sie sagte »Katzengold« dazu. Sie war mir größer vorgekommen als sonst. Erst als wir in den Zug einstiegen, bemerkte ich ihre Schuhe. Keine Stöckelschuhe, aber doch hohe Absätze, glänzende schwarze Schuhe. Während der Fahrt fragte ich sie, ob ich hineinschlüpfen dürfe. »Sie stehen dir sehr gut«, sagte ich und tat, als wäre ich älter, als ich war. »Du siehst gut damit aus, wirklich.« Da war sie verlegen. Die Schuhe waren mehr als nur die guten Sachen. An jedem Sonntag zog sie die guten Sachen an, diese Schuhe aber nicht, die sah ich zum ersten Mal. Sie standen nicht im Schuhregal im Flur. Wir besuchten unseren Bruder, der es besser erwischt hatte als wir, da genügte es offenbar nicht, nur die guten Sachen anzuziehen, auch wenn wir den Besuch erst nur übten. Und dass sie vermied, das Haus ihrer Schwester zu betreten: wahrscheinlich, weil sie nicht sehen wollte, was sie uns dreien nicht bieten konnte.

Nein: Sie wollte sich einmal hübsch machen und in eine andere Stadt fahren, wo sie niemand kannte, und durch die Straßen gehen und sich dabei denken dürfen, sie sehe hübsch aus. Ich glaube, so war es. Den schwierigen Teil des Weges gab sie mir zu merken, weil ich ihre Schuhe gelobt hatte.

Es war ein sonniger Tag, Feldkirch roch anders als Bregenz. Viel mehr nach Welt. Die Menschen, denen wir begegneten, schienen alle ihre guten Sachen zu tragen. Nicht als wäre in dieser Stadt Sonntag, sondern als wären die guten Sachen normal. Richard lebte in Vornehmheit, eindeutig. Wir nicht. Mir sank das Herz, ich dachte, wir haben ihn verloren, er hat uns vergessen, er will mit uns nichts mehr zu tun haben. Ich an seiner Stelle würde mit uns nichts zu tun haben wollen. Mir würden wir peinlich sein. Als wir in Bregenz in den Zug gestiegen waren, hatte ich noch geglaubt, mich an ihn zu erinnern. Nun hatte ich kein Bild mehr von ihm in mir. Nur Beschreibungen, Worte. Blonde Locken – aber zu welchem Gesicht? Was mir zu ihm in den Sinn kam, war, als hätte ich es mir ausgedacht. Wie die vielen Geschichten, die ich mir zu meinen Puppen ausgedacht hatte – die da wäre die, die da wäre die. Immer: wäre. Niemals: ist. Ich war dreizehn, ich spielte nicht mehr mit Puppen. Der Bruder gehörte nicht mehr zu uns. Wie unsere Mutter nicht mehr zu uns gehörte. Weil sie tot war. Wie unser Vater nicht mehr zu uns gehörte, weil er sich in einer Klosterzelle versteckte und sich dort Suppe servieren ließ zwischen seinen Büchern. Wir mussten das endlich einsehen, Gretel, Renate und ich!

In der Marktstraße gingen wir am Meinl vorbei, Kaffeeduft wehte uns an, stärker, würziger als am Morgen in Tante Kathes Küche, durch das Schaufenster sah ich süßes Gebäck auf der Theke liegen, Nussgipfel, Topfentascherl, andere Kuchen, deren Namen ich nicht einmal kannte. Ein Kleidergeschäft mit lebensgroßen Puppen im Fenster, die Gesichter, als wäre ihnen langweilig, als wäre sogar die Langeweile vornehm. Gemüsestände auf dem Marktplatz, die Ware nach Farben sortiert. Und auf einmal war Tante Kathe herrlich gelaunt, sie schritt voran, gerade so weit vor uns, dass man denken konnte, wir gehörten nicht zu ihr. Ich habe immer ihren Gang bewundert, ihre Haltung, weit über neunzig Jahre alt ist sie geworden, immer war sie stramm, gerade und federnd. Nun ging sie mit erhobenem Kopf, schwenkte ihre Hüften, schlenkerte mit den Armen, lächelte in den blauen Himmel hinauf.

Plötzlich blieb sie stehen. »Ich zeig euch etwas«, sagte sie. Wir sollten uns umdrehen und uns nicht von der Stelle rühren.

»Wehe, eine von euch dreht sich um!«

Wir taten, was sie gesagt hatte, Renate drückte obendrein die Augen zu.

Ich flüsterte: »Gretel, pass auf, sie haut jetzt ab und lässt uns zurück. Weil man uns nicht mehr brauchen kann.«

Gretel fing sofort an zu weinen. Sie stürzte das Gesicht in die Hände und beugte sich vor, und weil Renate neben ihr stand, tat sie das Gleiche, linste aber durch die Finger hindurch zu mir herüber.

Dann hörten wir auch schon Tante Kathe hinter uns: »Umdrehen und Augen auf!«

Sie hatte für jede von uns eine Banane gekauft und für sich selbst auch eine. Sie zeigte uns, wie man sie schält, wie man sie in der Hand hält und wie man sie isst, und sie gab zu, dass es auch für sie das erste Mal sei. Alle vier waren wir der Meinung, nie etwas Köstlicheres gegessen zu haben. So etwas wurde nur in dieser Stadt angeboten, in der Stadt nämlich, in der unser Bruder wohnte, und darüber wunderte ich mich kein bisschen, wo sonst sollte es so etwas Gutes geben. Heute noch kann ich mich, wenn ich in eine weiche Banane beiße und beim Kauen ein wenig schmatze, an den Geschmack meiner ersten Banane erinnern. Gretel stieß mir den Ellbogen in die Seite. Das hieß, in Erwachsenensprache übersetzt: Ich solle nicht immer so negativ denken! Schau her, anstatt uns in einer fremden Stadt auszusetzen, hat uns Tante Kathe mit der Banane bekannt gemacht! In Erwachsenensprache übersetze ich, weil Gretel mich immer wieder darauf aufmerksam gemacht hat und es noch heute tut, dass ich zu pessimistisch sei.

Wenn ich heute zu ihr sage: »Erinnerst du dich an unsere erste Banane?«, antwortet sie: »Das war, als wir geübt haben, Richard zu besuchen.«

Den zweiten Teil unserer Pilgerreise sollte sich Gretel einprägen – von der Marktstraße zur Brücke über den Fluss, am Gerichtsgebäude und am Gefängnis vorbei, die lange Straße hinauf in Richtung Liechtenstein bis zu dem rötlich braunen Gebäude der Lehrerbildungsanstalt und gleich danach rechts in die kleine Gasse hinein. Im letzten Haus links wohnte Tante Irma mit ihrem Koloss. Und Richard.

Das Haus durfte sich Renate merken. Es war ein hübsches Haus mit Steinrosen am Sims, einem Gemüsegarten und zwei Apfelbäumen. An der Hauswand eine Bank in der Sonne. Daneben ein Trittroller mit Gepäckträger und Ballonreifen, das waren die teuren.

Richard sagte gern über sich, er habe eine lange Leitung. Und meinte, was man damit eben meint, nämlich, dass er länger braucht als andere, um etwas Neues zu begreifen. Aber was heißt das? Wenn er noch lebte, könnte ich ihn fragen. Aus seinen Antworten würde ich nur dümmer. Michael, der ihn, wie er dazu sagt, »aus der Unwirklichkeit heraus kannte« – das muss er mir noch genau erklären, darüber muss ich noch ausführlich nachdenken –, interpretiert es so: Richard habe sich ein anderes Leben als das, das er gerade geführt habe, nicht vorstellen können. Er habe alle anderen Menschen immer mit den Figuren der Geschichten verglichen, die er sich in seinem Kopf selbst erzählt habe. Diese Figuren waren aber alle er selbst. Er konnte sich nicht vorstellen, dass irgendein Mensch anders war als er. Also konnte ihn jeder andere jederzeit überraschen. Wenn es ihm gelang, anderen Menschen auszuweichen, wich er ihnen aus – wie man Fremden ausweicht. Wenn nicht, verstummte er, war verwirrt und brauchte eine Weile, bis er den anderen zu einer Figur in seinem Kopf zurechtgemacht hatte. Dann gehörte der andere zu ihm, das heißt, *er gehörte ihm*. Michael sagt: »Er wurde zu einer Figur in den Geschichten, die er sich permanent ausdachte.« So einer ist allein.

4

Am nächsten Tag fuhren wir also wieder nach Feldkirch, diesmal ohne Tante Kathe. Mit nur einer Fahrkarte. Tante Kathe hatte gesagt, ich ginge als Erstklässlerin durch, so dünn, wie ich sei. Ich hatte Angst, der Schaffner kommt und setzt mich unterwegs aus, und einen Zorn hatte ich auch.

Tante Irma stand vor dem Haus, als wir drei ankamen, Gretel, Renate und ich, sie erwartete uns, trug eine weiße Schürze mit Kreuzstich am Saum, den kannte ich vom Handarbeitsunterricht, und sagte, das Essen stehe bereit. Noch bevor sie uns begrüßte. Ich hätte gern den Mut gehabt zu sagen, wir seien eigentlich nicht wegen des Essens gekommen, sondern um unseren Bruder zu sehen. Aber Tante Kathe hatte zu mir gesagt – nur zu mir –, wir sollten uns unterstehen, frech zu sein. Genau in diesem Augenblick schaute mich Tante Irma an, scharf, als würde sie jeden Buchstaben von meiner Stirn ablesen. Als ich drankam mit dem Handgeben, dachte ich, jetzt bin ich aber gespannt, ob sie meinen Namen noch weiß. Ich war ungerecht und auch gehässig, ich hatte keinen Grund, ich war es einfach, natürlich kannte sie mich und lobte mein Gesicht, aber nicht einmal das gefiel mir, obwohl ich eitel war. Oben auf der Tschengla, im Kriegsopfererholungsheim, war sie zwar auch unsere Tante gewesen, aber dazu noch die Angestellte unseres Vaters. Das war, bevor sie geheiratet hatte. Mein Vater hatte ihr etwas Gutes getan, sie bekam regelmäßig Geld, er händigte es ihr persönlich aus, in einem Briefumschlag, und krankenversichert war sie auch. Ich muss zugeben, ich habe sie damals ein Stück unter uns gesehen, Vati war schließlich ihr Chef. Und ich war die Tochter des Chefs. Manchmal sagte sie: »Ja, Chef!« Sicher aus Spaß. Aber sie hat es gesagt. Jetzt waren wir in ihrem Revier. Jetzt war sie nur noch die Tante und gleich die vornehme Tante dazu, denn unsere Tante in Bregenz war nicht vornehm. Wir waren ein großes Stück unter ihr. Wir drei würden niemals, niemals in einem eigenen Haus mit Garten und Apfelbäumen wohnen wie damals oben auf der Tschengla, 1220 Meter über dem Meer. Die Haare hatte sie zu einem Zopf geflochten und um den Kopf gewunden, an den Schläfen waren blaugrüne Äderchen zu sehen. Ich war erschöpft, weil ich vom Bahnhof bis hierher eine Geschichte nach der anderen erzählt hatte, damit Renate eine Ruh gab, so viel Langeweile hatte sie, das war fast eine Dreiviertelstunde Weg.

Dann trat Richard aus dem Haus und lehnte sich an Tante Irma. Erst erkannte ich ihn nicht, die Haare waren kurz geschnitten, keine Locken mehr, an den Schläfen war er fast kahl rasiert und am Hinterkopf auch, oben ein blonder Gupf. Seit unsere Mutti gestorben war, hatten wir einander nicht gesehen, seit zwei Jahren. Er trug kurze Hosen und ein kurzärmeliges Hemd, darüber einen Pullunder mit Karomustern. Und Semperit-Turnschuhe hatte er an den Füßen, blau mit weißen Kappen und weißen Bändeln. Nigelnagelneu. Ich weiß das, weil ich mir immer solche gewünscht hatte. Es gab braune und blaue. Die blauen waren die lässigeren, und wahrscheinlich kosteten sie auch mehr, wie ich überhaupt den Eindruck hatte, von fast allem gab es zwei Ausgaben, eine vornehme und eine für uns. Als hätte Tante Irma sogar über die Entfernung von vierzig Kilometern meine Gedanken und Wünsche lesen können, ich dachte, die hat sie ihm erst gestern gekauft, so neu, wie sie aussehen, grad zu der Zeit, als wir mit Tante Kathe Richard-Besuchen übten, die hat sie ihm gekauft, nur damit ich neidisch bin.

Richard reagierte nicht auf uns. Erst schaute er schräg auf den Boden, mir kam auch vor, dass er vor sich hin summte, sehr leise, wie ich es tat, wenn ich allein war und meine Sachen aufräumte, dann starrte er uns mitten ins Gesicht, aber es schien, als sähe er uns nicht. Hat ihm Tante Irma nicht gesagt, dass ihn heute seine Schwestern besuchen kommen? Wir waren ihm fremd. Und uns war er auch fremd. Kein Farbenspiel mehr in den Augen. Es hätte aber auch sein können, dass er alles und jeden so anschaute. Als hätte er mit nichts und niemandem etwas zu tun. Und warum an einem Werktag ein weißes Hemd? Bis hinauf zugeknöpft. Auch der letzte Knopf eingelocht. Die Männer, die ich kannte, hatten entweder den letzten Knopf offen oder eine Krawatte. Onkel Sepp zum Beispiel immer eine Krawatte. Was herrscht für ein Zustand, wenn einer den letzten Knopf zuhat, aber trotzdem keine Krawatte? Ich warf Gretel einen Blick zu, sie dachte, was ich dachte: Er denkt, das sind die zwei, die mich vom Tisch haben fallen lassen. Aber er kann sich doch unmöglich daran erinnern, nein, das kann er nicht können, kein Mensch kann sich erinnern, was mit einem halben Jahr gewesen ist. In seinen Augen las ich, dass er sich doch erinnerte.

Renate sagte: »Ist das der Richard von letztem Mal?«

Wir wussten nicht, was sie meinte. Und lachten. Und waren froh, dass wir jemanden zum Auslachen mitgebracht hatten.

»Es gibt die Lieblingsspeise von unserem kleinen Prinzen«, sagte Tante Irma, »Kartoffelpüree und Geschnetzeltes. Und Karotten, ich mache sie mit Rahm. Das mögt ihr auch, kann mir nichts anderes vorstellen.«

Das klang, als würden wir so etwas nicht einmal von Weitem kennen, und wenn doch, dann sicher nicht so gut gekocht. Wir sollten auf alle Fälle alles mögen, was auf den Tisch komme, hatte uns Tante Kathe eingeschärft, und die Schuhe ausziehen, bevor wir ins Haus gehen, bei Irma könne man auf dem Fußboden frühstücken, so eine sei sie. Und auf gar keinen Fall Onkel Pirmin widersprechen sollten wir. Nicht weil er uns eine Kopfnuss gebe, sondern weil er dann nicht aufhöre, uns zu erklären, was er meine, das sei bei Blinden so, die könnten den Leuten ja nicht ansehen, wann es genug sei.

Als wir in der Küche saßen, trat schließlich auch Onkel Pirmin auf. Die Dielen knarrten, die Schwelle ächzte, einen Filzjanker trug er, er setzte sich auf seinen Stuhl, und Tante Irma häufte ihm als Erstem die Speisen auf den Teller.

Er brüllte in seine Finsternis hinein: »Komm, Herr Jesus, sei unser Gast und segne, was du uns bescheret hast!«

Dann tastete er nach dem Löffel, tastete nach dem Teller, rührte Geschnetzeltes, Karottengemüse und Püree zu einem Brei, schob den Teller ein Stück in den Tisch hinein, rückte den Stuhl etwas zurück, beugte sich nieder, drückte die Schlüsselbeine gegen die Tischkante, öffnete den Mund, so dass die Unterlippe den Tellerrand berührte, und schaufelte. Laut.

Tante Irma sah ihm eine Weile zu, stolz lächelnd, dann sagte sie zu uns: »Er muss so.«

Und Onkel Pirmin ergänzte: »Weil er blind ist.«

Und Tante Irma: »Wie sollte er sonst wissen, wo der Teller anfängt und wo er aufhört.«

Richard saß auf seinem Platz, die Hände auf den Schenkeln, und blickte ins Leere. Ich erwartete, dass er diese Raubtierfütterung irgendwie kommentierte – das Wort ist mir jetzt eingefallen, damals habe ich nur gestaunt. Würde einer bei Tante Kathe so essen, es gäbe ein Donnerwetter, egal, ob blind oder nicht. Ich erwartete, dass Richard uns, seine Schwestern, mit einem gewissen Blick anschauen oder die Augen verdrehen würde, was wir hätten deuten können als: Die sind so, ich aber gehöre nicht zu ihnen. Was aber noch nicht geheißen hätte, ich gehöre zu euch. Nichts von seiner Seite. Als säße der kleine Prinz allein an diesem Tisch. Später erfuhr ich – von ihm selbst übrigens –, dass es Onkel Pirmin gewesen war, der ihm die Locken abgeschnitten hatte. Wenn man diesem Kind über den Kopf streichen möchte, soll er gesagt haben, dann wisse man nicht, ob es ein Bub oder ein Mädchen sei. Erst sei er mit der Schere über ihn drüber, dann an den Schläfen hinauf und am Hinterkopf mit dem elektrischen Rasierapparat, den er, wie er dröhnend und schon zum hundertsten Mal verkündete, als Blinder billiger bekommen habe, weil eine Feuchtrasur für Blinde gefährlich sei.

Nach dem Essen gab es Kekse, selbergebackene wie zu Weihnachten, obwohl Hochsommer war, mit obendrauf einer Eigelbglasur, über manche bunte Zuckerkügelchen gestreut.

»Jetzt habt ihr euren Bruder gesehen«, sagte Tante Irma, »und seid ihr zufrieden?«

Wir nickten. Daraufhin verließ Richard die Küche, verneigte sich erst knapp vor Tante Irma und noch knapper vor Onkel Pirmin. Und auch vor uns. Er verneigte sich vor seinen Schwestern! Da war mir so traurig zumute. Grad, dass es mir gelang, das Heulen zu verschieben.

Onkel Pirmin griff in seine Hosentasche und gab Gretel und mir je ein Zehnschillingstück. Ohne ein Wort. Er tastete nach uns, erwischte mich an der Schulter, rutschte mit der Hand über meinen Oberarm nach unten und presste die Münze in meine Hand. Tante Irma sagte, wir sollten nicht trödeln, sonst würden wir den Zug versäumen.

Wir erwischten den Zug, und ich krümmte mich wieder ans Fenster, weil wir nur die eine Fahrkarte hatten. Renate kletterte auf mich und drehte meine Haare um ihre Hand.

5

Und dann erfahre ich Neues.

Ich lese Michael vor, was ich bisher geschrieben habe, und frage ihn, was er davon halte. Er habe Richard als Erwachsenen gekannt, obendrein »aus der Unwirklichkeit heraus«. Was immer das bedeute. Das müsse er mir eh noch näher erklären.

Er hört mir zu, aber nicht bis ans Ende des Textes, er unterbricht mich: »Kurz Stopp!«, sagt er. »Hast du gewusst, dass er abgehauen ist?«

»Nicht nur einmal«, lache ich bitter, als wäre ich seine Erziehungsberechtigte gewesen. »Er hat dauernd die Schule geschwänzt und ist erst nach zwei Tagen oder so nach Hause gekommen …«

»Ich meine damals. Bald nachdem ihr ihn besucht habt. In diesen Sommerferien. Als er erst sieben oder acht war.«

»Woher weißt du das?«

»Er hat es mir erzählt.«

Da habe ich nun etwas Neues erfahren.

Richard und Michael haben eine Zeit lang fast jeden Abend miteinander verbracht – als Kitti ihm Putzi weggenommen hatte und ich noch mit meinem ersten Mann zusammenlebte –, damals seien sie irgendwann nach Feldkirch gefahren, erzählt mir Michael. Tante Irma und Onkel Pirmin lebten noch. Richard hatte keinen Führerschein, Michael ließ ihn trotzdem ans Steuer. Er besaß einen alten, gelben Toyota Corolla, viel war nicht mehr ganz an ihm, zum Beispiel sprang er nicht an, man musste ihn anschieben, dann hineinspringen und starten. Oder ihn parken, wo es abwärts ging. Auch mit der Gangschaltung war etwas, ich kann darüber nicht Auskunft geben, ich habe keine Ahnung. Richard hatte auch keine. Aber für die Autobahn reichte es. Er wolle ihm zeigen, wo er früher gewohnt habe, habe Richard gesagt. Als sie aber vor dem Haus von Tante Irma standen, überlegte er es sich anders, es war noch nicht spät am Nachmittag. Er wolle die alte Frau und den alten Mann nicht erschrecken, sagte er. Michael erzählt, Richard habe sich auf einmal sehr merkwürdig benommen, grantig, unzufrieden, abweisend, als wäre er, Michael, es gewesen, der vorgeschlagen habe, nach Feldkirch zu den beiden Alten zu fahren. Also hätten sie umgedreht. Und dann überlegte es sich Richard wieder anders, er blieb am Straßenrand stehen, stieg aus und sagte, er wolle ihm etwas zeigen. Nach Westen hin erhob sich ein sanfter Berg, dort hinauf führte er ihn, sie gingen durch die Gärten der Häuser, einige alte Villen standen hier, manche unbewohnt, Jugendstil mit Blutbuchen und Zypressen im Garten und Glyzinien an den Mauern. Über den Häusern und ihren Gärten standen Obstbäume, Äpfel und Mostbirnen. Auf dem Kamm des kleinen Berges breitete sich auf einem Plateau eine Senke aus, dort weideten Kühe. Dort habe er, erzählte Richard, geübt, mit dem Bumerang zu werfen. Und dann ging es noch ein Stück durch den Wald, ehe der Berg über einen senkrechten Felsen ins Tal auf der anderen Seite abfiel, über hundert Meter. Richard führte Michael bis an die Kante. Er suche eine bestimmte Stelle. Schon sehr lange, sagte er, sei er hier nicht mehr gewesen. Die Stelle war gekennzeichnet. In einen Baum waren seine Initialen geritzt: R H. Die Buchstaben waren wie eine hässliche Narbe an den Rändern aufgequollen. Er solle ihm folgen, sagte Richard, aber sehr vorsichtig sein. Ein falscher Tritt, und er stürze ab.

Sie hielten sich an Sträuchern fest und an tiefen Ästen, sie mussten sich unter einer Felsnase durchducken, und dann waren sie im »Nest«.

Das Nest war eine Höhle im Fels. Eine natürliche Schneise, wie mit einem gewaltigen Beil quer in den Berg getrieben. Vier Meter in der Länge, etwa drei Meter tief, am Rand zum Abgrund drei Meter hoch. Im Inneren wurde die Höhle niedriger, bis ihre Decke am Ende den Boden berührte. Die Decke ragte einen guten Meter über den Boden hinaus. So war die Höhle von Regen und Schnee geschützt und trocken. Nur wenige Steine lagen auf dem Boden, sonst war er glatt.

Er habe die Höhle ausgefegt, sagte Richard. Wann? Vor sechzehn Jahren? Ja, vor sechzehn Jahren. Offensichtlich sei seither niemand mehr hier gewesen. Wenige, sagte er, wissen von der Höhle, vielleicht nur zwei Menschen, jetzt drei. Vielleicht inzwischen nur sie beide, denn wer wisse, ob der andere nicht schon gestorben sei. Ein Freund von damals, der eigentlich kein Freund gewesen sei, sondern einer, der mit ihm, Richard, habe befreundet sein wollen. So dringend habe er mit ihm befreundet sein wollen, dass er dafür sein größtes Geheimnis preisgegeben habe, nämlich diese Höhle. Der Freund allerdings sei nicht schwindelfrei gewesen und habe meistens oben gewartet. Und dann sei er mit seinen Eltern ausgewandert. Nach Kanada. Das sei weit.

Er sei oft hier gewesen, allein, ohne den Freund, ganze Nachmittage lang sei er hier gesessen und habe hinunter auf die Häuser und zum Fluss und hinüber zu den Schweizer Bergen geschaut. Und eines Tages habe er die Militärdecke aus dem Keller geholt und ein Kissen darin eingerollt, seinen Rucksack habe er vollgestopft mit aller Schokolade und allen

Keksen, die seine Tante in der Kredenz im Wohnzimmer für ihn gelagert habe, und eine große Flasche Wasser habe er mitgenommen und sei hier herauf. Eben in den Sommerferien, als Gretel, Renate und ich ihn besucht haben. Ja, Richard habe ihm, Michael, erzählt, es sei gewesen, nachdem ihn seine Schwestern besucht hätten. Über den Besuch allerdings habe er nicht mit ihm gesprochen. Oben in der Senke standen Kraxen mit Heu. Nachdem er das Kissen und den Rucksack ins Nest gelegt hatte, ging er mit der Decke und stopfte in sie so viel Heu, wie er zwischen den vier Zipfeln halten konnte. Das tat er drei- oder viermal. Niemand beobachtete ihn. Da war niemand. Das Heu breitete er in der Höhle aus, und dort blieb er. Blieb fünf Tage. Tag und Nacht. Manchmal schlich er aufs Plateau, um beim Wasserhahn auf der Kuhweide zu trinken und die Flasche zu füllen. Oder er ging über die Felder und Gärten und auf Schleichwegen in die Stadt und klaute beim Metzger eine Wurst oder beim Bäcker einen Zopf. Viel brauchte er nicht. Am ersten Tag habe er sich gedacht, ich bin am Abend eh wieder zu Hause, die Sachen lass ich in der Höhle, das ist von nun an mein Nest, da komme ich jeden Tag her und mach es mir gemütlich. Er sei aber nicht nach Hause gegangen, er sei müde geworden und habe sich hingelegt und sei eingeschlafen. Als er aufwachte, war es dunkel. Nur ein paar Lichtpunkte sah er unten im Tal. Und Lichtpunkte am Himmel. Da dachte er, gut, gehe ich halt morgen früh nach Hause. Dass sich Tante Irma Sorgen machte, das kümmerte ihn nicht. Er habe nie das Gefühl gehabt, dorthin zu gehören. Michael sagt, er hätte ihn fragen sollen, wohin er dachte zu gehören. Die Frage sei ihm aber nicht eingefallen. Am nächsten Tag schlief Richard lange, und nachdem er eine halbe Tafel

Schokolade und ein paar Kekse gegessen hatte, fühlte er sich so wohl, dass ihm nicht nach Heimgehen war. Er sei dagesessen und sei mit allem einverstanden gewesen. Es waren ja Ferien. Erst bedauerte er, dass er vergessen hatte, wenigstens ein Buch mitzunehmen. Er hatte alle seine Bücher schon gelesen, den *Schwarzen Blitz* sogar dreimal, die Geschichte von einem schwarzen Panther, er hätte es gern ein viertes Mal gelesen. Von Stunde zu Stunde schob er das Heimgehen hinaus. Dann war wieder Abend und Nacht und Schlaf. Am dritten Tag dachte er gar nicht mehr an Tante Irma und Onkel Pirmin und sein Zimmer und sein Bett und an seinen Trittroller mit dem Gepäckträger und den Ballonreifen. Er tat nichts, saß nur da. Wenn er vom Felsen aus hinunter ins Tal schaute und sehr klein die Leute sah, den Bus, einen Traktor auf dem Feld, Kühe und Pferde, dann wollte er sich nicht mehr vorstellen, dass er zu denen gehörte. Er habe sich anstrengen müssen, habe er zu Michael gesagt, anstrengen, um sich zu erinnern, dass er einmal zu denen gehört habe. Das meine er mit der langen Leitung. Er habe eine lange Leitung, sagte Richard, das Kreuz seines Lebens sei, dass er eine lange Leitung habe. Manchmal sei er aus der Höhle geklettert und habe sich in dem Waldstück herumgetrieben, das den Felsabhang säumte. Dreckige Hände habe er gehabt. Und ein dreckiges Gesicht auch, weil er sich immer wieder ins Gesicht gegriffen habe. Er habe zwischendurch nämlich gedacht, es könne sein, dass er nicht mehr da sei, und habe es überprüfen wollen.

Am fünften Tag dachte er dann wieder an sein Zimmer, den Trittroller, Tante Irma und den Onkel, der einmal jammerte, einmal brüllte, immer laut schnaufte, immer an die Dinge anstieß, unheimlich viel aß, der sich beschwerte, dass Tante Irma den Bub herzlicher anschaue als ihn, ihren Mann, und behauptete, er könne das spüren, deutlicher sogar, als ein Sehender es sehen könne, und da machte er sich auf. Die Decke und das Kissen schüttelte er aus und nahm sie mit, die Vorräte waren aufgebraucht. Die Schokoladenpapiere hatte er über die Felskante geschupft und zugesehen, wie sie nach unten trudelten. Mit dem Heu fegte er die Höhle aus und warf es dann auch hinunter.

Zu Hause setzte er sich auf die Bank neben der Tür und wartete. Als Tante Irma vom Einkaufen zurückkam und ihn sah und schrie und vor ihm auf die Knie ging und weinte und ihn umarmte, habe er nur gesagt: »Ich bin wieder da und tu es nie wieder.«

»Das hat dir Richard erzählt?«, frage ich.

»Ja«, sagt Michael.

»Und das hast du ihm geglaubt?«

»Ja«, sagt Michael. »Warum hätte ich es ihm nicht glauben sollen?«

Ich muss Luft holen. »Weil Richard«, schreie ich ihn fast an, »ein ... ein ... ein Schmähtandler war, Menschenskind!« – »Schmähtandler« sagt man bei uns zu jemandem, der zwanghaft Geschichten erfindet und so tut, als wären sie wahr. »Weil er immer solche Geschichten erzählt hat, genau solche, da könnte ich dir noch ein Dutzend aufzählen! Wie er zum Beispiel irgendwann irgendwo in der Nacht über eine Mauer geklettert ist und sich im Schlafsack unter einen Busch gelegt und am Morgen einen Tiger vor sich gesehen hat, weil er in einem Freizoo gelandet ist. Er war ein Münchhausen. Allerdings einer, der selber an seine Geschichten geglaubt hat.«

»Ich habe ihm auch geglaubt, und ich glaube immer noch,

dass wahr ist, was er mir erzählt hat«, sagt Michael, und er sagt, ich solle meinen Bruder nicht heruntermachen. Das sitzt.

»Er hätte im Schlaf vom Felsen fallen können«, sage ich.

»Ist er aber nicht.«

»Hätte er aber können!«

»Er hat«, sagt Michael, »nicht besonders gern gelebt.«

6

Ich rufe Gretel an und frage sie. Es stellt sich heraus: Sie kennt die Geschichte. Von wem? Von Richard? Nein, von Tante Irma. Gretel und sie waren – über Tante und Nichte hinaus – miteinander befreundet. Tante Irma habe, sagt sie, jemanden gebraucht, bei dem sie alles habe ablassen können, und sie, Gretel, sei eben diejenige gewesen, und das habe sie gern getan. Pirmin, der Koloss, hatte Irma bald das Leben unmöglich schwer gemacht, er hatte sich eine zweite Frau zugelegt und im Garten für die ein Haus bauen lassen, die Apfelbäume gefällt. – Das weiß ich doch! – Von da an sei Tante Irma rührselig geworden. Das habe sich darin gezeigt, dass sie in vielen Fortsetzungen ihr Lebensleid erzählt habe. Eine Folge handelte eben von Richard.

Es ist also wahr.

Warum sie mir nie davon erzählt habe.

»Warum hätte ich sollen«, sagt Gretel. »Es ist doch alles gut ausgegangen. Und du hättest eine Geschichte daraus gemacht.«

Ich will sagen: Schließlich sind wir Geschwister. Ich sage nichts. Weil ich sonst sagen müsste, ja, ich mache eine Geschichte daraus. Als ob es etwas Ehrenrühriges wäre, Schriftstellerin zu sein.

Tante Irma sei wie von Sinnen gewesen. Sie habe sich nicht getraut, ihrer Schwester Kathe in Bregenz Bescheid zu sagen. Was hätte die getan? Sie hätte unseren Vater verständigt. Es wäre ihr doch gar nichts anderes übrig geblieben. Der versteckte sich in einem Kloster. Und wovor bitte versteckte er sich? Vor dem Leid der Welt. Seit seine Frau gestorben war. Was wird aus dem Mann, wenn er erfährt, dass sein Sohn verschwunden ist, sein Richard Löwenherz? Der zerbricht doch! Der geht doch zu Grunde! Das löscht ihn doch aus! Und wer hat Schuld? Sie, Irma. Weil sie zu wenig Auge auf den Augenstern gehabt habe. Onkel Pirmin habe gedonnert, sie solle sich nicht verrückt machen. Der Richard sei eben ein Bub, und Buben seien Abenteurer, vielleicht sei er nach Amerika aufgebrochen, das habe es immer wieder gegeben, ein ganzer Kontinent sei von solchen Männern aufgebaut worden, er, Pirmin, sei stolz auf ihn, habe er ihm also doch etwas beibringen können.

»Er ist erst sieben Jahre alt!«, schrie ihn Irma an.

»Was, erst sieben?«, habe Pirmin gesagt. Er wusste tatsächlich nicht, wie alt Richard war, er meinte, er sei schon dreizehn oder vierzehn. Wenn man – wie er – blind sei und so einem über den Kopf streiche, dann könne man das eben nicht wissen, und ausdrücklich gesagt worden sei ihm das nie. Immer komme er zuletzt dran, immer!

»Es geht nicht um dich!«

Aber das Streiten nützte nichts, und am zweiten Tag rief Tante Irma bei der Polizei an. Ein Beamter in Uniform kam vorbei und nahm ein Protokoll auf und fragte, ob es ein aktuelles Foto von dem Buben gebe. Das gab es: Richard, mit einer Fischerrute in der Hand, steht neben der Bank vor dem Haus. Ob er das Foto mitnehmen dürfe. Am übernächsten Tag war eine Meldung in den *Vorarlberger Nachrichten* abgedruckt. Eine Vermisstenanzeige. Mit dem Bild von Richard. Das stürzte Tante Irma in noch größere Verzweiflung. Wenn ihre Schwester in Bregenz zufällig die Anzeige sehe, was dann? Dann sei sie, Irma, nicht nur eine unverantwortliche Person, sondern auch noch hinterfotzig dazu – der Zeitung etwas sagen, den Geschwistern aber nicht. Und was, wenn unser Vater die Zeitung liest? Unausdenkbar. Sie rief wieder bei der Polizei an. Nichts. Jede Stunde rief sie an. Immer nichts. Dann war ein Beamter dran, der sagte, sie müsse mit dem Schlimmsten rechnen. Tatsächlich, so erzählt mir Gretel und lacht dabei, wie sie lacht, wenn es in unseren Gesprächen um Katastrophen geht, tatsächlich habe Tante Irma überlegt, sich das Leben zu nehmen. Zu ihr habe sie gesagt, viele Jahre später, von heute aus betrachtet, wäre das sogar eine gute Lösung gewesen, sie hätte sich manches erspart, zum Beispiel dieses zweite Haus draußen im Garten.

Tante Kathe hatte keine Zeitung abonniert. Onkel Theo las keine Zeitung, er hörte zu jeder vollen Stunde die Weltnachrichten im Radio. Das musste genügen. Unser Vater in seiner Klosterzelle wollte von der Welt nichts wissen, die Schwestern, die sich um ihn kümmerten, sowieso nicht, also auch keine Zeitung. Dass unser Bruder vermisst wurde, ging an uns vorüber.

Ich will es genau wissen. Ich fahre nach Bregenz, spaziere vom Bahnhof hinauf zur Landesbibliothek und lasse mir zeigen, wie ich die alten Zeitungen am Computer ansehen kann. Früher hat man sie auf Mikrofilm lesen können, das war beschwerlich, inzwischen sind sie digitalisiert. Ich kann den Zeitraum gut eingrenzen. Es kommen nur zwei Monate eines Jahres infrage. Nach nicht einmal zwei Stunden habe ich die Meldung gefunden.

Ich sehe das Bild. Unser Bruder. Er trägt ein weißes Hemd, den Kragen zugeknöpft bis oben, und einen Pullunder mit Karomustern. Als wäre das Bild aufgenommen worden am Tag, als wir ihn besuchten. Er schaut mich an und lächelt. Ein freigiebiges Lächeln. Wen lächelt er an? Mich nicht.

Unter dem Bild steht:

Richard H., acht Jahre, ist seit drei Tagen von zu Hause abgängig. Er hat blonde Haare und ist ein Luftikus. Er spricht nicht viel. Hinweise bitte an den nächsten Gendarmerieposten oder die Polizei.

III

Aus der Unwirklichkeit heraus

I

Kitti hatte ihm das Kind weggenommen. Und da brach Richard das Herz. Ich tu so, als hätte ich das Herz meines Bruders: Mir wäre es gebrochen. Bei ihm sollte ich einen anderen Begriff wählen. Aber vielleicht vermerkwürdige ich ihn. Ich habe Richard nie unter etwas leiden sehen. Ich hatte immer den Eindruck, er habe über sein Herz einen Sturz aus Panzerglas gestülpt. Kann ja sein, dass ihm das Leben bis dahin keine Katastrophe geboten hatte – keine Angst um die Gesundheit, keinen Liebeskummer, keine Sorge, als Künstler zu versagen, keine Sorge, den Job zu verlieren, keine Angst, sich zu blamieren. Keine Verstörung, allein zu sein. Liebe und Angst gehören zusammen. Die eine befördert die andere, die andere verdirbt die eine. – Eine Behauptung, die nichts beweist und nur schön klingt. Als ob eine runde Formulierung schon ein Beweis wäre. Mein Bruder, der wie ich die Lesegier unseres Vaters teilte, kam immer wieder mit solchen Sentenzen daher, ohne Zusammenhang, mitten hinein in eine Pause zwängte er sie, und wenn ich mich sträubte, wies er mich zurecht, indem er schweigend in mein Bücherregal griff, ein Buch herauszog, mit flinkem Finger blätterte und mir das Zitat zeigte. Ich besaß zwei Bücherregale, in einem standen meine Lieblinge, im anderen die anderen. Die anderen waren alphabetisch geordnet, die Lieblinge nicht. *Die Glasglocke* von Sylvia Plath, *Winesburg, Ohio* von Sherwood Anderson, *Der Fremde* von Albert Camus, die Erzählungen von Franz Kafka, *Bahnwärter Thiel* von Gerhart Hauptmann. Das waren die Bewohner meiner Republik. Ich weiß nicht, habe ich ihm oder hat er mir die Lieblinge abgeschaut, wir uns gegenseitig, wir besaßen nämlich die gleichen. Die meisten dazu in derselben Ausgabe. Viele Reclamhefte waren darunter, weil sie so bequem waren, hinten in die Hosentasche gesteckt, eine Garantie, dass einem nie wird langweilig sein. Einmal habe ich eines, das in meinen Jeans steckte, aus Versehen mitgewaschen. Wo steht geschrieben, Liebe und Angst gehörten zusammen? Bei welchem meiner Lieblinge? Ich weiß es nicht mehr. Ich weiß nur, wir saßen am Küchentisch, Richard, mein Sohn Oliver, meine Tochter Undine und ich, still war es, weil die Kinder so viel Respekt vor ihrem Onkel hatten, er konnte nämlich schweigen, schweigen wie niemand, den sie kannten, da sagte er diesen Satz: »Liebe und Angst gehören zusammen.« Und ich sagte darauf, und das war kein Zitat, das war von mir, wie ein Reim darauf: »Die eine befördert die andere, die andere verdirbt die eine.«

Er sagte: »Es ist langweilig ohne Putzi.«

Bei dem Namen bellte Schamasch. Um zu testen, ob es Zufall war, sagte ich: »Du vermisst sie sehr … Putzi.«

Wieder bellte der Hund.

Undine fragte: »Wo ist Putzi?«

Schamasch bellte.

Oliver sagte: »Bellt der Hund, wenn man …«, er ließ eine Pause, »… Putzi sagt?«

Schamasch bellte.

Undine, sie war gerade noch in der Volksschule, lachte und rief: »Putzi, Putzi, Putzi!«

Sie wollte herumtollen. Der Hund sprang unter dem Tisch hervor und bellte. Und fasste sie mit seinen Zähnen am Saum ihres Kleides.

Seit sie allein waren, kamen Richard und Schamasch jeden Abend gleich nach der Arbeit zu mir. Auch wenn mein Mann da war. Richard setzte sich an den Küchentisch, der Hund legte sich um seine Füße, und da blieben die beiden bis in die Nacht hinein. Wir aßen zu Abend. Er liebte Pumpernickel mit einer Scheibe Emmentaler und Essiggurken. Wenn ich die Kinder ins Bett brachte, schaltete er den Fernseher ein. Undine wünschte sich auch noch mit ihren neun Jahren, dass ich mich eine Viertelstunde zu ihr legte, manchmal schlief ich bei ihr ein. Mir war recht, dass Richard hier war. Deshalb, weil ich dann nicht allein war mit meinem Mann. Er wusste, dass ich ein Verhältnis hatte. Wenn wir allein waren, wurde gefragt, ausgewichen und bald geschrien. Und Sachen wurden kaputt gemacht. Vor meinem Bruder hatte mein Mann Spundus.

Richard wollte keine Spielfilme sehen außer Wildwestfilmen, aber die mochte sonst keiner von uns. Am liebsten schaute er sich Tierfilme an. So viele wie heute gab es damals noch nicht, und Programme – kein Vergleich, drei deutsche, einen Schweizer Sender, zwei österreichische. Er glotzte nicht in den Fernseher, sondern vor sich hin auf die Tischplatte, er trank keinen Wein und kein Bier und rauchte auch keinen Joint. Wie er so saß, hätte er auch auf der Wartebank bei einem Friseur sitzen können, geduldig und ohne Interesse. Manchmal griff er in das Bücherregal mit meinen Lieblingen, nahm sich ein Buch heraus, las und strich mit einem Bleistift an und stellte es wieder zurück. Er war immer der Meinung, was mir gehöre, gehöre auch ihm. Das war mir angenehm. Er fragte nicht, wenn er sich etwas aus dem Kühlschrank holte, er fragte nicht, wenn er Socken von mir anzog, und er fragte nicht, wenn er seine schmutzigen in unseren Wäschekorb stopfte. Und er hatte nicht gefragt, als sich Putzi den Kakao über ihr T-Shirt geschüttet und er aus der Wäschekommode im Schlafzimmer ein weißes Hemdchen genommen hatte, sein eigenes Kinderhemdchen, aber das wusste er nicht, das ich in Erinnerung an unsere Mutti dort aufbewahrte und das dort lag, seit ich Tante Irma die Kommode abgebettelt hatte, sie war ihr nach dem Tod ihrer Schwester zugesprochen worden, leer war sie gewesen bis auf dieses Hemdchen, es war übersehen worden, nach hinten war es gerutscht, ein weißes Bubenhemdchen, zusammengefaltet von Händen, die nicht mehr lebten.

Ich kam aus dem Kinderzimmer und schaltete den Fernseher ab, weil ich glaubte, es schaue eh niemand, er stand auf und schaltete ihn wieder ein. Mein Mann war behutsam, warf mir einen Blick zu, fragend. Wenn er mit mir in Richards Gegenwart redete, dann aus dem Mundwinkel heraus. Meistens ließ er uns nach dem Abendessen allein, traf sich mit Freunden in *Uwes Bierbar* und kam spät und ein bisschen weinberauscht nach Hause, wenn Richard und Schamasch wieder gegangen waren.

»Wenn ich helfen kann«, sagte er. Aber ich hatte schon nicht mehr den Gedanken, dass er zu uns gehörte. Ich wartete nur darauf, dass er endlich auf Reisen ging.

Mein Mann hatte eine neue Arbeit in Aussicht, und er musste sich vorbereiten, und ich hatte versprochen, ihn dabei zu unterstützen. Ich setzte ein fiktives Verkaufsgespräch auf, nach seinen Angaben, einen Werbemonolog mit anschließenden Fragen und Antworten, es war, als ob ich einen Dialog für ein Theaterstück schriebe. Michael hat mitgeholfen. Das wusste mein Mann natürlich nicht. Je besser die Verkaufsgespräche verliefen, desto mehr Aufträge würde er bekommen, desto öfter wäre er unterwegs, desto mehr Zeit hätten wir für uns. Die Kunden waren Firmen aus der Baubranche. Mein Mann war für seine Gefälligkeit und seine Begabung im Umgang mit den verschiedensten Menschen bekannt. Er konnte mit Managern und konnte mit dem Polier. Auch wenn er wenig von einer Sache verstand, gab er den Leuten das Gefühl, ein Fachmann zu sein. Er konnte gut zuhören. Das heißt, seine wahre Kunst bestand darin, so zu tun, als hörte er zu. Das soll nicht seine Leistung schmälern. Im Gegenteil. Wenn ihm der Manager oder der Polier das Herz ausschüttete – das ist ein Ausdruck, den die Männer meinem Mann gegenüber verwendeten, ich habe mir das immer bildlich vorgestellt und mich vor diesem Blutbad gegraust –, dann wollten sie ja gar nicht, dass ihre Malaise kommentiert würde, sie wollten einfach nur in ein aufmerksames Gesicht schauen. Mein Mann fühlte mit ihnen mit, aber er hörte ihnen nicht zu. Und ich gab ihm recht. Es war eine Zumutung, einen Handelsvertreter zum Zuhören zu zwingen. Es war Erpressung – hör du mir zu, dann kauf ich dir ab. Die Materie des Verkaufsgesprächs war sehr kompliziert, die Begriffe waren seltsam. Es handelte sich um einen besonderen Klebstoff. Eine Weltneuheit. Er lernte den Monolog auswendig, dem Michael und ich den Schliff gegeben hatten, lernte auch die eventuellen Fragen auswendig und seine Antworten.

Bevor er abfuhr, mit einem Bein schon im Stiegenhaus, in der einen Hand den Koffer, in der anderen den Anzug in der

Schutzhülle, sagte er: »Es gibt da draußen Frauen, die mich gerne hätten. Weißt du keine Rettung mehr für uns?«

Ich antwortete nicht.

»Was ist an ihm besser als an mir?«

Ich antwortete nicht.

Die Tränen liefen ihm über das Gesicht. »Ich weiß«, sagte er, »mir fallen keine originellen Sätze ein, so wie euch beiden. Ich wünschte, es würden mir welche einfallen. Aber es fallen mir einfach keine ein. Ich denke nach und denke nach. Ich weiß selber, ich rede wie die Leute im Fernsehen. Aber das ist nur bei diesem Thema. Wenn ich Geschäftsgespräche führe, ist es nicht so. Nur bei Herzensthemen ist das so. Aber glaubst du nicht, das geht allen so?«

Ich antwortete nicht.

»Ich glaube, das geht allen so. Du nicht?«

Indem ich wieder nicht antwortete, wollte ich ihm zeigen, dass ich das auch glaube.

»Siehst du«, sagte er, »bei dem Thema fallen dir auch keine eleganten Worte ein.«

Er hatte recht. Die originellen Worte waren weiter weg von dem Thema als die abgedroschenen.

Ich wollte, dass er aufhörte. Manchmal hörte er auf, wenn ich nichts sagte. Manchmal hörte er gerade dann nicht auf. Er würde sich in Rage reden, den gepackten Koffer auf den Boden hauen, die Sockenschublade umkippen, den geplätteten Anzug samt Hülle auf den Boden hauen. Ausholen. Ich versuchte, seine beiden Hände in meine zu nehmen, die mit dem Koffer, die mit dem Anzug, das hatte schon funktioniert. Diesmal nicht.

»Der Ausdruck heißt ›stoffschlüssige Verbindung‹«, sagte er

und versuchte zu lächeln, »ich vergesse ihn nicht mehr, danke.« Und unten an der Haustür: »Ich bin sehr traurig. Ich bin genauso traurig wie dein Bruder. Wenn du das sehen würdest. Mir fällt nur das Wort ›traurig‹ ein. Ich denke fast, es gibt kein anderes.«

2

Genauso traurig. Ich habe versucht, mit Richard über Putzi zu sprechen. Was zu tun wäre. Das war heikel. Weil ich nicht über das Kind sprechen konnte, ohne über die Mutter zu sprechen. Und da hat er zugemacht.

Irgendwann kam er nicht mehr zu mir. Irgendwann rief mich Michael an und flüsterte, er sei bei ihm, jetzt. Er sitze am Küchentisch, Schamasch zu seinen Füßen.

»Was tut ihr?«, fragte ich.

»Reden.«

»Und wie geht es ihm?«

Langweilig sei ihm.

»Nur langweilig?«

»Nur ist gut.«

Michael und ich telefonierten jeden Tag miteinander. Wir sprachen über meinen Mann und hatten ein schlechtes Gewissen oder auch nicht, sprachen nicht lange über ihn. Auch über Richard nicht. Wir haben von uns und über uns gesprochen, haben uns gegenseitig nacherzählt, wie es war, als wir beim letzten Mal beieinandergelegen waren, und wie es beim nächsten Mal sein würde. Und dann war die Telefonzeit vorbei. Weil die Kinder aus der Schule oder von ihren Freunden nach Hause kamen oder mein Mann von seiner Geschäftsreise zurückkam oder Kundschaft in den Laden kam. Nachdem Michael aus Deutschland zurückgekehrt war, wohnte er zunächst bei seinem Vater. Er arbeitete gelegentlich als freier Mitarbeiter beim Rundfunk, außerdem hatte er ein Literaturstipendium bekommen. Er schrieb an seinem ersten Roman und hatte viel Zeit übrig. Manchmal las er mir am Telefon eine Seite aus seinem Manuskript vor. Ich glaubte, Richards Einfluss zu spüren, Erzählpassagen »aus der Unwirklichkeit heraus«. An den Vormittagen, wenn die Kinder in der Schule waren, arbeitete ich in einem Laden, der teure schöne kleine Dinge anbot, freundliche, gesittete Kundschaft besuchte mich, ich durfte mich fühlen, als wäre ich die freundliche, gesittete Besitzerin einer Kunstgalerie. Die Nachmittage für die Liebe musste ich mir organisieren, Gretel half mir dabei. Inzwischen hatte Michael eine eigene Wohnung. Zwei kleine Zimmer, Küche, Bad. In einem Block. Der Block heruntergekommen, die Wohnung gemütlich. Richard spendierte ihm ein paar Bilder, zwei nebeneinander waren nach meinem Geschmack zu unheimlich. Ich hängte um. Ich schenkte Michael zwei Farne und einen Pfau aus Porzellan, eine Handspanne hoch, eine kleine Flasche mit einem winzigen, aber bis ins Detail ausgestatteten Segelschiff, zwei Stiefel und einen Hut aus der Goethezeit, ebenfalls aus Porzellan, zu einem Stillleben gruppiert. Die kleinen Sachen waren für seinen Schreibtisch, das war ein ehemaliger amerikanischer Esstisch, den hatte er aus Deutschland mitgebracht. Auch einen Teppich schenkte ich ihm. Zur Sperrmüllzeit fuhren wir in seinem Toyota die Gassen ab, wir fanden ein Eins-a-Terrarium, einen Eins-a-Korbstuhl, eine Stehlampe aus den Fünfzigerjahren mit zerschlissenem Schirm, ich besorgte japanisches Seidenpapier, lackierte es zehnmal und überzog ihn damit. Nun waren wir nicht mehr darauf angewiesen, zu warten, bis mein Mann mit seinem Saab auf Geschäftsreise fuhr. Wir trafen uns in der Wohnung in der Brandgasse, an den Nachmittagen und wann immer ich auch nur eine Stunde Zeit hatte. Manchmal auch, wenn ich nur eine halbe Stunde Zeit hatte, zum Beispiel am Morgen, bevor ich den Laden öffnete. Am Abend aber war für mich Familie. – Ich will es raffen und zusammenfassen: Nach einem Jahr ließen mein Mann und ich uns scheiden, und nach einem weiteren halben Jahr heirateten Michael und ich. Bis heute sind wir zusammen. Das sind inzwischen – ich weiß gar nicht, wie viele Jahre es inzwischen sind. Den Hochzeitstag vergessen wir meistens. Das sei ein gutes Zeichen.

Aber ich will ja über meinen Bruder schreiben und nicht über mich. Michael weiß, was ich nicht weiß.

»Und ihr habt euch nur über das Weltall unterhalten?«, frage ich ihn. »Und habt Rätsel geraten? Ihr habt nicht über Frauen geredet? Nicht über uns beide? Nicht über Kitti? Auch nicht über Putzi?«

Immer erst in den letzten paar Minuten, bevor er und Schamasch aufgebrochen seien, habe Richard von Putzi angefangen. Dass er so viel mit ihr vorgehabt habe. Dass er fürchte, sie vergesse die Ziffern von eins bis zehn und die Buchstaben aus ihrem Namen. Er habe verabsäumt, ihr zu sagen, ihre Mutter solle mit ihr üben. Sie sei gewohnt, mit einem Erwachsenen auf dem Boden zu liegen beim Spielen, sicher liege ihre Mutter nicht mit ihr auf dem Boden. Sie sei den Hund gewohnt. Jetzt habe sie eine Schwester, aber ein Baby sei kein Ersatz für einen Hund.

»Hat er damals das Baby überhaupt schon einmal gesehen?«, frage ich.

»Du meinst Putzi 2?«, fragt Michael.

»Weißt du den richtigen Namen von dem Kind nicht?«

»Nein. Du?«

»Ich habe ihn gewusst«, sage ich, »aber ich habe ihn vergessen.«

»Ich habe ihn nie gewusst. Richard hat ihn auch nicht gewusst.«

»Sicher hat er ihn gewusst«, sage ich. »Er hat ihn mir ja gesagt. Woher wüsste ich ihn denn sonst?«

»Du weißt ihn ja nicht«, sagt Michael.

Irgendwann, erzählt er, sei ihm diese Dumpfheit aber auf die Nerven gefallen. Nur dasitzen und Rätsel raten und ausrechnen, wie weit der Jupiter von der Sonne entfernt ist, wenn die Sonne den Durchmesser einer Orange hat. Richard tat nichts lieber, als sich an etwas zu gewöhnen, und nichts unlieber, als eine Gewohnheit abzubrechen. Vier tote Männer sitzen um einen Tisch, vor jedem liegt eine Spielkarte, vor einem dazu noch ein Revolver – was ist geschehen? Vielleicht sind sie an der Gewohnheit verstorben. Darum schlug Michael vor, an den Nachmittagen und Abenden mit dem Auto herumzufahren. Schamasch auf dem Rücksitz. Das taten sie eine Zeit lang. Richard nahm seinen Kassettenrekorder mit, sie hörten *»Going Up The Country«* von Canned Heat oder *»On The Road Again«*, nur diese beiden Nummern hat Alan Wilson gesungen, und nur diese beiden Nummern, da waren sich Michael und Richard einig, seien gut, alles andere von der Band sei mau. Sie fuhren in die Berge hinauf, bis das Geteerte endete und der Schotterweg zu steil wurde. Oder in die Schweiz hinüber. Oder nach Deutschland und am See entlang bis über Meersburg hinaus. Wenn sie anhielten, stiegen sie nicht aus, kurbelten nur das Fenster herunter.

Michael sagt, sein Ehrgeiz sei dahingeschmolzen. Er habe sich nicht mehr allzu sehr gewünscht, dass aus ihm etwas werde.

»Wie Richard«, sage ich.

Tagsüber habe er gewartet, dass ich zu ihm in die Wohnung komme. Oder er habe auf die Abende gewartet, dass Richard und Schamasch kommen. An seinem Roman habe er nicht weitergeschrieben. Nur weitergedacht. Wenn er sich etwas ausgedacht habe, das sei ihm bereits vorgekommen, als hätte er gearbeitet.

»Wie Richard«, sage ich.

Sie seien in den Toyota eingestiegen, hätten Coca-Cola getrunken, Richard habe eine Kühltasche aufgetrieben, er habe für sie Zigaretten gedreht, und Wurstsemmeln hätten sie gegessen. Bei amerikanischem Himmel hätten sie angehalten. Abendröte im Westen. Richard habe ihm erzählt, er wasche sich nicht mit Seife, nie, er lege sich in die Badewanne, in sehr heißes Wasser, bleibe regungslos liegen, bis es kalt werde, dann steige er heraus. Er trockne sich auch nicht ab. Er warte einfach, irgendein kleiner Wind wehe immer. Es stecke aber keine Überzeugung dahinter. Er tue so gut wie gar nichts aus Überzeugung. Aber nicht aus Überzeugung tue er nichts aus Überzeugung, es sei einfach so. So fuhren sie irgendwann auch nach Feldkirch, wo ihm Richard das Nest in der Felswand zeigte und die Geschichte dazu erzählte.

Das ging bis in den späten Herbst. Fast jeden Abend. Belegte Brote, Äpfel, Bier, Wasser für Schamasch. Richard habe einmal zu ihm gesagt, sobald die Sonne untergehe, werde die Welt grausam. Ich denke, das hat nicht Richard gesagt, das kommt von Michael. Er schiebt es ihm zu, weil er so viel Interessantes und Gutes wie möglich meinem Bruder anhängen möchte – jetzt, da ich über ihn schreibe.

Es sei seine Idee gewesen, sagt Michael: Kitti nachzuspüren.

3

Schamasch ließen sie zu Hause. Richard konnte nicht für ihn garantieren.

Unterhalb des Hauses war ein Parkplatz, dort stellten sie sich hin. Bei laufendem Motor und laufendem Gebläse. Das Haus war aus sonnengebranntem Holz, hatte weiße Fensterrahmen, große Fenster zum See hin, sehr hübsch, musste ein Vermögen wert sein in der Gegend. »Genau richtig für Kittis Lebenspläne«, kommentierte ich, als mir Michael davon erzählte. Sie warteten, bis es dunkel wurde, und tatsächlich, im Haus wurde das Licht angeschaltet. Also wohnte dort jemand. Hatte sie sich also tatsächlich den Psychiater aufgerissen. Hätte aber auch jemand anderer sein können. Michael ging los, klingelte, eine Frau machte ihm auf, nach Richards Beschreibung konnte es Kitti sein, musste aber nicht. Frisur und Haarfarbe machen einen Menschen verwechselbar. Die da hatte den Kopf voll Zöpfchen, phosphoreszierend gelben Zöpfchen, echten und eingeknüpften. Auf dem Arm trug sie einen Säugling. Michael fragte, ob hier die Familie Eisendle wohne, er sei sich nicht sicher, er kenne sich nicht aus, wenn nicht, solle sie die Störung entschuldigen. Die Frau kicherte, Eisendle kenne sie nicht, vielleicht habe früher hier Eisendle gewohnt, heute nicht. Michael bedankte sich, grinste, sofort grinste die Frau zurück, neigte sich leicht ihm zu, er habe, sagt Michael, den Eindruck gehabt, nicht sie, sondern ihr Körper neige sich ihm zu, automatisch sozusagen, aus Gewohnheit und verzweifelter Berechnung, der Ärmel ihres T-Shirts rutschte ein wenig nach oben, und er sah die Tätowierung – Dornenkrone mit Blutstropfen. Also eindeutig: Kitti.

»Danke«, sagte er. »War nett, mit dir zu reden.«

»Magst du nicht reinkommen?«, sagte sie. »Könnten wir weiterreden.«

»Ich muss Eisendles dringend etwas ausrichten«, sagte er.

»Um Leben und Tod wird es doch nicht gehen«, sagte sie.

»Das nicht, nein«, sagte er.

»Dann komm doch rein«, sagte sie. »Du hast interessante Augenbrauen, wie kleine Gebüsche.«

»Es geht«, sagte er.

»Das ist Putzi«, sagte sie und hielt ihm den Säugling entgegen. »Magst du sie anfassen? Ich erlaube es dir.« Fast hätte Michael gesagt, das könne doch nicht Putzi sein, Putzi sei doch viel älter. »Wir könnten ein bisschen einen Rotwein trinken«, sagte sie.

»Danke«, sagte er. »Vielleicht ein andermal.«

Er ging zurück zum Auto und berichtete. Er hatte kein gutes Gefühl. In den letzten Wochen hatte er immer wieder versucht, sich ein Bild von Kitti zu machen. Viel hatte ihm Richard nicht erzählt. In seiner Einbildung war sie ein naives und dabei raffiniertes ewiges Mädchen, verantwortungslos, aber unschuldig, verwildert und hilfsbedürftig. So war sie nicht. Sie war böse. Er habe das Wort, wie es sich gehöre, sofort weggeschoben. Was dieses Wort bezeichnet, gibt es nicht. Aber es ging nicht um ein Wort, es ging allein darum, Richard wegzuziehen. Der aber schien aufgewacht zu sein, jetzt gerade, in den wenigen Minuten, in denen er allein im Toyota gesessen und zugesehen hatte, wie Michael oben beim Haus mit Kitti sprach, war er aufgewacht.

»Ich muss schauen, was sie tut«, sagte er und stieg aus.

Man müsse gar nichts, sagte Michael, und was sie dort oben tue, das gehe sie beide gar nichts an, auch wenn sie ein Arschloch sei, habe sie ein Recht, ein Arschloch zu sein. Seit er Richard kannte, war so gut wie nie die Initiative von ihm ausgegangen, Michael hatte vorgeschlagen, mit dem Auto herumzufahren, er hatte bestimmt, wohin sie fuhren, er hatte Richard aufgefordert, ihm das Nest zu zeigen und die Geschichte drum herum zu erzählen. Sogar welche Wurst auf die Semmeln kam, hatte er entschieden. Habe er ihn um seine Wünsche gebeten, sei er geradezu philosophisch geworden: »Wurst? Was für eine Wurst? Ja, was für eine Wurst, das ist die Frage.« Wenn es einen Mann ohne Eigenschaften gebe, dann sei Richard der Mann ohne Antrieb gewesen. Zugleich war er fasziniert von der Passivität meines Bruders, weil er darin eine Weltsicht zu erkennen glaubte, die ihm selbst fremd war. Er wollte von ihm lernen. Die Welt einfach nur anschauen. Und das so lange, bis es nicht mehr genügte. Ab wann aber genügte es nicht mehr, die Welt nur anzuschauen? Und wenn es bis ans Ende genügte? Die Welt hatte viel zu bieten. Mehr, als irgendein Mensch zu bieten hatte. Es wäre vergeudete Zeit, die Welt nicht anzuschauen und stattdessen irgendetwas zu tun – sich zu unterhalten, mit anderen Bier zu trinken oder im Auto herumzufahren, Liebe zu machen, sich nicht nur in die Badewanne zu legen, sondern sich abzuseifen, einem Kindchen die Windeln zu wickeln und ihm die Buchstaben und Ziffern in Spiegelschrift beizubringen oder einer verheirateten Frau, die man liebt, einen Heiratsantrag zu machen. Immer gibt es mehr zu schauen, als zu tun. Das steht fest. Am Ende werden wir alle sagen: Wir haben zu viel getan und zu wenig geschaut. Was dann?

»Ich muss schauen, was sie tut«, sagte Richard und stieg aus. »Du brauchst nicht mitzukommen.«

Aber Michael ging mit ihm.

4

Inzwischen war es so dunkel geworden, dass man sie vom Haus aus nicht sehen konnte. Dennoch gingen sie über die Wiese und nicht auf dem Weg. Richard voran. Eine Lebendigkeit war auf einmal in ihm, und im Mondlicht glich seine Silhouette einem dürren Schattenriss, Michael musste genau hinschauen, um in ihm seinen Freund zu erkennen. Der Schatten hüpfte, tanzte beinahe, als freute er sich unbändig. Aber worauf? Richard kannte das Haus gut, er hatte dort eine Zeit lang gewohnt, mir aber nie ausführlich davon erzählt. Es stand am Hang, im ersten Stock waren die Zimmer, und er kannte eine gute Stelle neben einem Holunderbaum, von wo aus sie bequem ins Wohnzimmer schauen konnten. Da waren keine Vorhänge, keine Rollos, keine Fensterläden. Und wenn welche gewesen wären, Kitti hätte sie nicht geschlossen, es machte ihr nichts aus, beobachtet zu werden. Eher anders. Ein üppig englisch ausgestatteter Raum war zu sehen, mit einem Kamin an der hinteren Wand, darum waren ein Ledersofa und zwei Lederfauteuils gruppiert, an der Wand hingen zwei gekreuzte Gewehre, seitlich stand eine fahrbare Bar aus Messing. Und zwischen all dem Putzi. Putzi 1. Sie stand da und schaute direkt zu ihnen herüber. Sie konnte sie nicht sehen, ganz ausgeschlossen, sie waren ja im Dunkeln und nahe am Holunderbaum, nicht vom Stamm zu unterscheiden, und hätte Richard einen Arm nach ihr ausgestreckt, er wäre gewesen wie ein Ast, und hätte er ihr zugewinkt, es wäre gewesen, als wäre der Wind hineingefahren. Das Kind stand barfuß auf den dunklen Holzdielen, nur im Hemdchen, ein leuchtend weißes T-Shirt seiner Mutter oder noch eines von Richard, weil es dieses und nur dieses immer hatte haben wollen. Es hielt irgendetwas in der Hand, konnte es mit den Fingern kaum umschließen und schaute zu ihnen herüber. Ich hol dich heraus, sagte Richard oder sagte es nicht und dachte es nur, oder ich denke, dass er es dachte. Nun tauchte auch Kitti auf mit den gelben Zöpfen, die im Flackerlicht des Kamins grünlich waren und violett, hässlich. Sie hatte das Baby auf dem Arm und schaukelte es leicht, wahrscheinlich damit es sein Bäuerchen machte. Sie sagte etwas zu Putzi, ihr Mund war zornig. Putzi rührte sich nicht, starrte auf die Fensterscheibe. Kitti beugte sich zu ihr nieder, riss sie an der Schulter. Putzi reagierte nicht. Ich hol dich heraus.

Da hörte Michael neben sich ein Rascheln. Er drehte sich um und sah, wie Richard über den Hang hinunterrannte, gleich verschwand er in der Dunkelheit. Er habe befürchtet, Richard werde die Tür einschlagen und sich aufführen wie der Befreier von Putzi, weiter sei er in seinen Gedanken aber nicht gekommen. Denn von der anderen Seite traf ihn ein Schlag am Kopf, nicht mit einer Faust, das habe er noch realisiert. Er dachte, es ist ein Stück Holz, und hoffentlich geht nichts kaputt. Dann verlor er für einen Augenblick das Bewusstsein. War aber gleich wieder da, weil er noch einmal geschlagen wurde, erst gegen die Schulter, dann gegen die Schläfe und wieder gegen die Schulter. Er krümmte sich am Boden zusammen und rollte über den Abhang hinunter, kam auf die Beine und lief, stolperte und lief. Er lief zum Auto. Das war abgesperrt. Richard saß auf dem Beifahrersitz. Schnell öffnete er ihm. Drückte aber gleich das Zäpfchen hinunter, als Michael eingestiegen war. Michael sah sich im Rückspiegel. Das Blut rann ihm über die Stirn, an der Nase vorbei, tropfte aufs Hemd. Die Schulter schmerzte, er tat sich schwer, den Arm zu heben.

Richard sagte, er wisse, wer es war. Es sei der Psychiater gewesen. Eindeutig. Er sei weggelaufen, damit er ihn nicht erkenne. Ihn, Michael, kenne er ja nicht, aber ihn, Richard, schon. Es sei wichtig, dass er ihn nicht erkannt habe, denn: Man müsse Anzeige erstatten. Den Sauhund endgültig drankriegen. Dass er ein Kind in seinem beschissenen Sommerhaus festhalte, einsperre, zwinge. Er stieg aus, öffnete die Fahrertür. Michael solle sich auf ihn verlassen, er solle einfach tun, was er ihm sage. Ob er Kopfweh habe. Das gehe vorbei. Er solle nicht reden. Sich beruhigen. Runterkommen. Er habe einen Plan. Zuerst würden sie ins Krankenhaus gehen. Eins nach dem anderen. Gehen, nicht fahren. Warum, darum. Er, Richard, habe keinen Führerschein. Wenn er fahre, machten sie sich angreifbar, und wenn er, Michael, fahre, auch, denn in seinem Zustand Auto zu fahren, sei eindeutig gefährlich und womöglich strafbar. Während sie gingen, erklärte Richard, was passiert sei. Sie seien ganz normal und völlig friedfertig noch vor Sonnenuntergang hier heraufgefahren, hätten den Wagen ordnungsgemäß abgestellt, weil sie hätten spazieren wollen und über ihr Buchprojekt sprechen, das vom Unterrichtsministerium unterstützt werde, letzte Herbstsonne genießen, sie seien fünfzig Meter gegangen, da sei Michael eingefallen, er habe vergessen, das Auto abzusperren, also sei er zurück, und auf dem Parkplatz sei der Mann auf ihn los, ohne jeden Grund, wahrscheinlich ein psychisch Kranker, Michael habe ihn gar nicht gesehen, aber er, Richard, habe ihn gesehen. Der Mann habe Michael einen Gegenstand über den Kopf gehauen und auf ihn eingetreten, gegen die Schulter, immer wieder gegen die Schulter. So sei es gewesen. Diese Geschichte würden sie im Krankenhaus erzählen, er werde erzählen. Richard werde, wenn es sein müsse, unter Eid aussagen, er kenne den Mann, es sei Dr. Ferdi Brandstetter, der Psychiater, wahrscheinlich sei er selber verrückt geworden vor lauter, dass er sich mit Verrückten abgebe. Der Arzt oder die Ärztin im Krankenhaus könne gar nicht anders, er oder sie müsse Anzeige erstatten, Pflicht, lieber wäre ihm eine Ärztin. Er, Michael, solle einfach ihn reden lassen. Er brauche nichts zu sagen, im Gegenteil, wenn er nichts sage und nur schaue, sei das glaubwürdiger, schließlich habe er ja einen Schock.

Eine Ärztin behandelte Michaels Wunden und gab ihm etwas gegen die Kopfschmerzen und eine Salbe für die Schulter. Sie fragte, was geschehen sei. Richard zog sie beiseite, lächelte und flüsterte mit ihr. Sie hörte aufmerksam zu, nickte immer wieder, sah immer wieder hinüber zu Michael, lächelte nun auch. Als Richard Michael nach Hause begleitete, sagte er, es sei ungünstig gewesen, der Ärztin alles zu erzählen. Er habe eine Änderung des Plans vorgenommen. Er werde auf die harte Tour schalten. Der offizielle Weg sei ein Tunnel unter den Palästen hindurch, die Gestopften würden von den Behörden geschützt. Am Ende kriegten sie drauf, er und Michael. Nein, so nicht! Er ließ Michael nicht zu Wort kommen. Michael wollte gar nicht zu Wort kommen. Er werde ihm morgen die Details mitteilen, sagte Richard, jetzt solle er sich erst einmal ausschlafen.

5

Am nächsten Tag fragte Richard seinen Chef, ob er das Telefon benutzen dürfe. Eh nur kurz. Er rief bei Dr. Brandstetter in der Praxis an. Er sei ein Freund des Doktors, sagte er zur Sprechstundenhilfe, sie stellte ihn durch. Dr. Brandstetter freute sich, ihn zu hören. Er müsse ihn sprechen, sagte Richard, ob er mit ihm auf einen Kaffee gehe. Dr. Brandstetter war sogar besonders freundlich am Telefon, das beruhigte Richard, also hatte er ihn tatsächlich nicht gesehen. Wenn es nicht länger als eine Stunde dauere, sagte der Doktor, schleiche er sich hinten hinaus und lasse die Kundschaft warten. Er meinte ja wirklich, Richard sei sein Freund, sein guter dazu, schließlich hatte er ihn vor ein paar Jahren gratis in seinem Haus am Berg wohnen lassen, mit aufgefülltem Kühlschrank und freiem Zutritt zum Weinkeller, und einige Bilder hatte er ihm auch abgekauft. Eines hing in seiner Praxis.

»Was kann ich für dich tun, Richard?«, fragte er, als sie im Theatercafé saßen.

Was wollte Richard? Er wusste es nicht. Jetzt, da er neben dem Mann saß, der seinen Freund so brutal zusammengeschlagen hatte, wusste er nicht, was er von ihm wollte.

»Ich wollte mich nur erkundigen, wie es dir geht«, sagte er.

»Gut geht es mir«, sagte Dr. Brandstetter. »Ich würde sogar sagen, bestens.«

»Da bin ich beruhigt«, sagte Richard.

»Und dir, Richard?«

»Ähnlich.«

»Malst du?«, fragte Dr. Brandstetter. »Hast du genug Zeit dazu?«

»Ja, ich male«, sagte Richard.

»Ich würde mir gern wieder einmal Bilder von dir ansehen«, sagte Dr. Brandstetter. »Da gibt es bei mir noch Platz an so mancher Wand.«

»Jederzeit«, sagte Richard. »Komm einfach vorbei. Ich mach dir einen guten Preis.«

»Eines mit vielen Leuten drauf.«

»Fast auf allen von mir sind viele Leute drauf.«

»Das ist deine Spezialität.«

Dr. Brandstetter winkte die Kellnerin herbei, er wollte bezahlen, zwei große Braune und zwei Mineralwasser.

Richard sagte: »Das geht auf mich.«

»Da sage ich Danke, Richard.«

»Keine Ursache.«

»Du siehst blass aus, Richard.«

»Das macht nur das Neonlicht.«

»Welches Neonlicht denn?«

»Ist hier kein Neonlicht?«

»Nein.«

»Dann bin ich vielleicht wirklich blass.«

»Pass auf dich auf, Richard. Wär schade um dich.«

»Wär schade, ja.«

»Dann servus, Richard!«

»Servus, Ferdi!«

»Richard!«

»Ferdi!«

Ich wache auf, es ist noch dunkel draußen, ich gehe hinüber in Michaels Schlafzimmer, er fragt mich, ob ich geträumt habe. Ich besuche ihn selten in der Nacht, er kommt am Morgen zu mir, fast jeden Tag.

»Geträumt nicht«, sage ich. »Mir ist so viel eingefallen. Weißt du, was wir ausgemacht hatten nach seiner Beerdigung?«

»Nach Richards Beerdigung? Du meinst, nach Richards Beerdigung? Was denn?«

»Du weißt es nicht mehr. Es ist so lange her.«

Dabei weiß ich selber gar nicht sicher, ob ich es mit Michael ausgemacht habe. Es war nicht erlaubt, die Urne nach Hause mitzunehmen. Eine verschweißte Urne aus hartem Kunststoff. Dunkelbraun. *Recyceltes* Plastik. Gab es das damals schon? Ausstreuen wollten wir die Asche. In den See. Bei den Baggerlöchern. Wo er die Badewanne gefunden hatte. Wo das Schilf steht. Und die Rohrkolben. Wo er mir einmal einen Pirol gezeigt hatte, ich dachte, es sei ein Kanarienvogel. Und für wenige Minuten war keine Zivilisation zu hören und zu sehen, und die Spuren von nackten Füßen im Sand hätten von Robinson und Freitag stammen können. Die Urne ist im Grab versenkt worden. In dem Grab, in dem schon unsere Mutter lag. Neben den Grabstein ist ein Holzkreuz gesteckt worden. Ein Provisorium, bis der Steinmetz Richards Namen unter den unserer Mutter gemeißelt hat. Eingemeißelt und mit Goldfarbe ausgemalt. Geburtsdatum und Todestag. Unser Vater stand krumm dabei, sein falsches Bein vorne, das richtige hinten, ein Gesicht, als ginge ihm das alles bloß auf die Nerven und nichts weiter. Er trug seinen grauen Beamtenanzug, einen schwarzen besaß er nicht, einen ausleihen wollte er nicht, darunter seine ewige Strickjacke von undefinierbarer Farbe, die nach seinem Tod unsere Tochter Paula erbte und nach ihrem Tod an mich weiterging, während ich dies schreibe, habe ich sie an, die Ärmel sind ausgeleiert und zu lang und fallen immer wieder auf die Tastatur. Als wir den Friedhof verließen, hängte ich mich bei Vati ein, ich habe es getan, weil ich dachte, alle schauen uns an und erwarten das von mir. Ich sagte zu ihm, das hätte Richard nicht gewollt, eine verschweißte Plastikurne mit geprägten Palmblättern. Ich dachte, Vati stimmt mir zu. Dass wir eben anders sind. Hat er nicht. Sind wir nicht. Meine Hand weggestoßen hat er. Dass wir immer Flausen im Kopf haben müssen, sagte er. Peinlich laut. Wer ist wir? Darum haben Michael und ich ausgemacht, dass wir uns in der Nacht auf den Friedhof schleichen mit einer harten dünnen langen spitzen Eisenstange, die wollte er im Bauhof besorgen, und sie in das frische Grab stechen, bis wir auf etwas Hartes treffen, eben auf die Urne. Dass wir sie durchstoßen und aufbrechen. Dass die Asche auskommt und sich mit dem Wasser mischt, das bei Regen nach unten sickert, wenigstens das. Ich hatte genau aufgepasst, an welchem Fleck die Urne versenkt worden war. Wir hätten sie getroffen. Aber wir haben es nicht getan.

»Ich erinnere mich wirklich nicht«, sagt Michael. »Ich

müsste mich doch erinnern. Zumindest, dass ich die Eisenstange beschaffen wollte.«

»Aber ich habe es mit jemandem ausgemacht, das weiß ich«, sage ich. »Mit wem, wenn nicht mit dir?«

»Vielleicht doch geträumt.«

»Also bitte!«

»Ich denke, du hast es mit Renate ausgemacht.«

»Das kann sein. Und warum haben wir es nicht gemacht?«

»Sie ist am nächsten Tag gleich zurück nach Berlin geflogen«, sagt Michael. »Aber ruf sie nicht an, frag sie nicht.«

»Kann ich bei dir bleiben?«, frage ich.

»Wenn du deine Decke holst.«

6

Michael hatte damals ordentlich eingesteckt. Noch heute sagt er, bei einer bestimmten Bewegung spüre er es, leicht, aber schon. Seine Schulter war blau, der Oberarm, die Brust, der halbe Rücken. Ich riet ihm, er solle sich röntgen lassen. Wollte er nicht. Der Schlag gegen die Schläfe hatte nicht so viel angerichtet, wie er anfangs befürchtet hatte. Der Schädel brummte ihm noch ein paar Tage, das war alles. Und eine Narbe. Er unterbrach den Kontakt zu Richard. Und Richard unterbrach den Kontakt zu ihm. Auch mich besuchte mein Bruder nur noch selten.

»Was tust du die ganze Zeit?«, fragte ich ihn, als er dann doch an meinem Küchentisch saß, Schamasch an seinen Füßen, und an Oliver und Undine kleine Geschenke verteilte, für seine Nichte ein Pferd aus Fichtenholz, das er selber geschnitzt hatte, für seinen Neffen eine Streichholzschachtel, die er in zwanzig Stunden Arbeit unter einer Lupe mit einem Dreihaarpinsel bemalt hatte: die Ansicht eines orientalischen Marktes, eine Moschee, Obststände, Männer mit Turbanen, Frauen mit Schleier, zwei Kamele.

»Ich male«, sagte er.

»Auf Streichholzschachteln?«, fragte ich.

»Auch.«

»Und was noch?«

»Ich habe ein altes Fenster gefunden, das stand an der Straße. Dreiteilig, unten zwei Flügel, oben zum Aufklappen. Das bemale ich«, sagte er. »Den Rahmen normal mit Tieren und Pflanzen und dahinter, wenn man es aufklappt, ein Gemälde wie bei einem Altar, das Paradies oder so, die Scheiben mit Hinterglasmalerei. Das ist gar nicht so einfach. Du musst nämlich umgekehrt arbeiten. Hast du das schon einmal? Das ist lässig. Das ist wie Spiegelschrift. Zuerst musst du den Vordergrund malen und dann den Hintergrund. Auf dem Glas sind Abenteuer von Feen und Zwergen und so. Ein Pferd mit einer Mähne, die wie ein Ast ist mit Äpfeln daran, daneben ein ganz normales Hochhaus wie im Vorkloster und die Südtirolersiedlung bei Tante Kathe. Das verkaufe ich für wahnsinnig viel Geld.«

»An wen?«

»Weiß ich noch nicht.«

»Und normale Bilder malst du auch?«

»Nicht zurzeit.«

Ob er etwas von Kitti und Putzi gehört habe. Darauf antwortete er nicht. Er hatte sich die Haare wachsen lassen. Sie reichten ihm bis auf die Schultern. Und einen Bart hatte er.

Einen langen unter dem Kinn. Wenn er kaute, sah es aus, als schlänge er ein Eichkätzchen hinunter. Aber es war kein Bart, es war nur unrasiert, lange unrasiert, kein Bart, ich schätzte, wenn er sich das nächste Mal zufällig im Spiegel sähe, würde er erschrecken und sich rasieren. Er hatte es einfach vergessen.

»Lass dich nicht gehen«, sagte ich.

»Was!«, sagte er. Und Schamasch bellte.

Ich kannte damals nur seine Version. Er habe darauf gedrängt, die Polizei zu verständigen, Michael sei es gewesen, der es nicht gewollt habe. Michael wolle nichts mit der Polizei zu tun haben, obwohl nichts gegen ihn vorliege, gegen ihn, Richard, schon. Er habe zu ihm gesagt, du brauchst dir vor der Polizei nicht in die Hosen zu machen, die machen sich selber in die Hosen, warum werde einer Polizist, doch nur, weil er sich in die Hosen mache. Er habe zu Michael gesagt, auf geht's, wir gehen zur Polizei, du bist still, lässt mich reden, ich hau aufs Pult. Natürlich glaubte ich ihm nicht. Ich wusste nicht, was ich glauben sollte.

Michael erzählte mir nichts. Er wollte nicht darüber sprechen. Eine Zeit lang zog er sich auch von mir zurück. Da hatte ich Panik. Wenn ich sage, ich fürchtete, er würde mit mir Schluss machen, dann trifft das nicht zu. Ich hatte Panik. Was hätte ich mit meinem Leben anfangen sollen. Ich war auf das Alleinsein nicht gefasst. Mein Mann und ich hatten vereinbart, dass wir uns im Frühling, wenn es wieder wärmer wäre, scheiden lassen würden. Das ist eine verrückte Vereinbarung, das weiß ich selbst. Es war eben sein Wunsch. Also warum nicht? Es ergab sich, dass Michael und ich uns drei Wochen lang nicht sahen. Drei Wochen! Obwohl wir in derselben Stadt wohnten! Ich rief bei ihm an, er nahm nicht ab. Und er rief nicht an. Er rief nicht an! Wenn ich im Laden war, wartete ich, starrte immer wieder auf das Telefon. Dann suchte ich ihn auf, klingelte an seiner Wohnungstür. Er war nicht da. Ich dachte, er hat eine andere, eine weniger Schwierige mit weniger schwieriger Verwandtschaft. Ich stellte sie mir blond vor, das Gegenteil von mir. Eine, die jeden Morgen ausruft: Was unternehmen wir heute! Die im Winter eislaufen will und im Sommer Wasserski fahren. Ich setzte mich auf seine Schwelle und wartete. Es war Winter, ich fror, Februar, den ich von allen Monaten am wenigsten mag, weil sein Föhn Frühling verspricht und das Versprechen dann doch nicht hält. Im Hausflur zog es. Hatte es immer schon gezogen. Der Lift funktionierte seit Monaten nicht. Im Stiegenhaus war ein Fenster eingeschlagen, auch schon seit Ende des Sommers. Der Block war wie von allen guten Geistern verlassen. An der Wand war ein alter Wasserfleck, als hätte hier jemand vor Jahren seine kleine Notdurft verrichtet. Von draußen hörte ich den Lärm vom Faschingsumzug. Die Tröten und die Schellen und die typisch amerikanischen Truck-Hupen, die man aus den amerikanischen Spielfilmen kannte, und die Blasmusiken und die nervigen Schalmeien und das Gegröle. Ich besaß einen Schlüssel zu Michaels Wohnung, aber inzwischen schien es mir nicht mehr angebracht, die Tür aufzuschließen. Und wenn er drinnen am Boden liegt? Folge von dem Schlag auf den Kopf? Er kam, und wir sanken ineinander.

7

Mein Bruder und Schamasch gehörten inzwischen zum Stadtbild. Zwei Käuze. Der Mann mit dem Hund. Dabei war er erst Mitte der zwanzig. Ich fand, die beiden sähen sich bereits ein wenig ähnlich. Wie ich ihm prophezeit hatte. Noch zwei, drei Jahre, und sie würden nicht mehr voneinander zu unterscheiden sein, Hund und Hund.

Als er mich wieder einmal besuchte, sagte ich: »Ich lass dir Wasser ein.«

Er zog sich aus, stand in Unterhemd und Unterhose vor mir, den Körper verbogen, die Beine im X.

»Schämst du dich vor mir?«, fragte ich.

Er ging ins Bad, schloss die Tür hinter sich und ließ sich in der Wanne aufweichen, las dabei die *Asterix*-Hefte, die Michael mitgebracht hatte, weil er meinte, Oliver und Undine interessierten sich dafür. Taten sie nicht. Nach einer Stunde kam er aus dem Bad, hatte sich den Bademantel meines Mannes übergezogen.

»Nein«, sagte ich, »es ist noch nicht zu Ende.«

Ich putzte die Badewanne mit Vim, dunkle Ränder, und befahl ihm, sich noch einmal hineinzusetzen, ich wolle ihn jetzt abseifen. »Ich habe dich als Baby gewickelt«, sagte ich, »du brauchst dich nicht vor mir zu genieren.«

Er genierte sich tatsächlich, sich nackt vor mir auszuziehen, und ich muss zugeben, ich war neugierig auf seinen Körper. Er war Gretel und mir vom Wickeltisch gefallen. Mit einem Peelinghandschuh und Kernseife schrubbte ich seinen Rücken ab und die Oberarme, alles andere könne er selbst. Dann shampoonierte ich seine Haare, zweimal, und seinen Bart und befahl ihm, sich ausgiebig zu duschen. Ich trocknete ihn ab, und er setzte sich an den Küchentisch, nackt. Ich schnitt ihm die Haare und rasierte ihm den Bart ab, erst mit der Schere, dann mit Klinge, drei Klingen verbrauchte ich.

»Und nun gehst du noch einmal unter die Dusche«, sagte ich.

Er war ein blasser anderer Mann. Ein Gesicht, so weiß wie ein verwöhntes Kind. Als Oliver und Undine von ihren Freunden und Freundinnen nach Hause kamen, erschraken sie kurz, und ich meinte, in ihren Augen die Frage zu sehen: Noch ein Dritter? Aber das bildete ich mir nur ein. Das schlechte Gewissen hat Fantasie, es sieht Heerscharen, wo doch nur Wolken sind. Seine Sachen stopfte ich in die Waschmaschine, die Jacke tat ich in den Müll, sie war rettungslos, ölig und hart von Druckerschwärze und Hundshaaren. Die Schuhe warf ich hinterher, spitzfingrig. Ich gab ihm ein Sakko meines Mannes, italienisches Design, die beiden hatten die gleiche Größe. Mein Mann trug nur Feinstes, als Vertreter komme er darum nicht herum. Der Stoff duftete zart nach seinem Rasierwasser, edel. Da war auch noch ein Paar Sommerschuhe, ebenfalls italienisch, noch nie getragen, geflochtenes Leder, eine Farbe wie alter Whisky.

Erst nach einem Monat kam er wieder. Mit Schamasch und: zwei Kindern. Putzi 1 und Putzi 2. Am Morgen kam er, vor sieben Uhr, als wir alle um den Frühstückstisch saßen, mein Mann, Oliver und Undine, beide mit ihren Schultaschen zwischen den Beinen. Ob er die Kinder bis zum Abend bei mir abstellen dürfe. Er redete wie ein Automat. Ich kannte das. So sprach er, wenn es um Unangenehmes ging. Das Unangenehme war: Putzi 2 von jetzt an die nächsten zwei Wochen jeden Tag von früh bis abends.

»Wie jetzt?«, sagte ich.

»Ja«, sagte er. Ohne Betonung, wie geprägt.

»Wird sie noch gestillt?«, fragte ich.

»No.« Wie gehabt.

Putzi 1 lasse er nur heute bei mir. Nun sprach er wieder in Normalton. Putzi 1 sei nicht das Problem. Er werde gleich mit seinem Chef sprechen. Ob er sie wieder mit in die Arbeit nehmen dürfe, wie schon einmal, als sie alle so gern gehabt hätten in der Firma. Man könne ihr wieder ein Eck frei machen für ihre Spielsachen und für Schamasch. Er sei sicher, der Chef erlaube es. Immerhin sei er, Richard, der beste Schriftsetzer weit und breit. Wahrscheinlich auch der einzige. Er sei einer, mit dem der Chef angeben könne. Tue er auch. Sei ihm zugetragen worden. Der Helfer ist ein Genie. Das sei ihm zugetragen worden, erzähle der Chef herum. Stimme ja auch.

Das war geschehen: Am Abend zuvor hatte es bei Richard an der Wohnungstür geklingelt, er machte auf, draußen stand Putzi, neben ihr das Köfferchen.

»Papa«, sagte sie.

Der Blitzgedanke in seinem Kopf sagte: Sie hat sich von ganz allein aufgerafft, ist von zu Hause, wo auch immer das gerade ist, abgehauen und aufgebrochen, ganz allein, sie hat sich den Weg gemerkt und ist zu mir gekommen. Er war überwältigt, sank vor ihr auf die Knie, hat geseufzt und geweint und nach Schamasch gerufen, der hat geheult und geschleckt. Sie lagen einander in Armen und Pfoten, da sah Richard, am Köpfchen von Putzi vorbei, Kitti beim Treppenaufgang stehen. Putzi 2 im Arm. Wie sie dem Kind die Flasche gab. Er erkannte sie nicht gleich. Der Blitzgedanke im Kopf sagte: Sie sieht sich nicht ähnlich, aber gerade deswegen ist sie es. Ihr Haar war schwarz und zu einer Schale geformt wie die Frisur von France Gall beim Grand Prix Eurovision 1965, nur statt blond schwarz, sie trug einen schwarzen Rollkragenpullover unter einem schwarzen, engen, kurzen Mantel, hohe schwarze Lederstiefel und eine schwarze Sonnenbrille, die Gläser so groß wie Putzis Händchen. Sonnenbrille im dunklen Hausflur. Der Mund war geschminkt in der Farbe der Gesichtshaut. Solche Raffinesse traute er ihr nicht zu, das kommt von jemand anderem, dachte er, und er dachte nicht, der könnte Dr. Brandstetter sein.

»Ist das eine Perücke?«, fragte er.

»Wehe, du fasst mich an«, sagte sie.

Dass er das gar nicht vorhabe, sagte er, nichts habe er weniger vor, als sie anzufassen.

Sie habe damit gerechnet, dass er sie beleidige, sagte sie. Auch eine neue Art zu sprechen hatte sie. Er sei eben ein Unmensch. Ob er sich je überlegt habe, wie sehr Putzi darunter leide, dass er sich nicht ein Mal habe blicken lassen, nicht ein einziges Mal.

Richard stammelte irgendetwas von, er habe gedacht, das sei nicht erwünscht. Aber er nuschelte so undeutlich, dass Kitti ihn nicht verstehen konnte – und Putzi auch nicht, das sollte sie nicht, und darum nuschelte er. Das Kind stand nämlich vor ihm, hielt mit beiden Händen seine Hosenbeine fest und hatte ein so glückliches Gesichtchen, dass er als Dank dafür bereit war, alles auf sich zu nehmen, was die Welt an Saurem und Bitterem zu bieten hatte.

»Es ist nur gerecht«, sagte Kitti, »wenn du mir Putzi eine Zeit lang abnimmst.«

»Klar«, sagte er. »Gern.«

»Ich brauche dir nicht zu erklären, warum das für mich wichtig ist«, sagte sie in einem Ton, als hätte er anstatt »gern« »ungern« gesagt. »Dazu bin ich nicht verpflichtet. Und denke ja nicht, ich komme zu dir, weil ich sonst niemanden habe. Ich komme, weil es deine Pflicht ist, mir zu helfen.«

»Klar«, sagte er, »brauchst du nicht, bist du nicht, musst du nicht.«

»Tu nicht so großzügig«, fuhr sie ihm ins Wort. »Es ist nämlich nicht großzügig von dir, es ist ganz einfach deine Pflicht.«

»Klar«, sagte er und hob Putzi vom Boden auf und drückte sie an seine Wange, und der Blitzgedanke sagte: Hoffentlich geht sie bald und lässt uns beide endlich allein und kommt lang, lang nicht mehr, am liebsten nie wieder, so dass ich mit ruhiger Stimme zu Putzi sagen könnte, deine Mama ist gestorben, Autounfälle passieren immer wieder, und sie passieren nicht zwingend, wenn einer da ist, der sich wünscht, dass sie passieren.

»Und noch etwas«, sagte sie. »Nur damit du einmal am eigenen Leib und so, ich bitte dich, ganz förmlich, du brauchst nicht Ja zu sagen.«

»Was denn?«, fragte er.

»Dass du auch Simone nimmst.«

»Klar«, sagte er. »Für wie lange?«

»Drei Wochen.«

»Drei Wochen!«

»Hab ich mir eh gedacht«, sagte sie, »dass du anfängst, mit mir zu handeln. Handeln um ein Kind. Wahrscheinlich weißt du gar nicht, wie schäbig das ist. Aber gut. Zwei Wochen.«

Er wollte sagen, das gehe nicht, auf keinen Fall, sie wisse doch selber genau, dass das nicht gehe, schließlich arbeite er den ganzen Tag, er könne auch nicht Urlaub nehmen, weil er allen Urlaub schon genommen habe. Er sagte nichts.

Als mein Mann gegangen war und auch Oliver und Undine sich auf ihren Schulweg gemacht hatten, sagte Richard zu mir:

»Als hätte ich beim Kassettenrekorder auf den Knopf gedrückt, ist mir dieses Lied in den Kopf gesprungen, und ich krieg es nicht mehr los, du weißt, welches, das dieser kleine jüdische Sänger singt, mir fällt sein Name nicht ein, du hast eine Platte von ihm, er ist in der Schweiz verhungert, wenn mich nicht alles täuscht, einen Meter fünfzig groß war er – ›Es wird im Leben Dir mehr genommen als gegeben. Ja, das ist so im Leben eben, das merke Dir!‹«

»Joseph Schmidt«, sagte ich.

»Ja, der.«

Kitti habe ihm das Kind, das Simone heißt, in den Arm gedrückt – »Im Koffer sind drei aufgezogene Fläschchen und ein frischer Beutel Trockenpulver mit Betriebsanleitung!« –, und schon war sie weg. Klack, klack, klack, über die Stiege hinunter und unten, rums, zur Haustür hinaus. Draußen hörte er ein Auto abfahren. Sie hatte keinen Führerschein. Hat also der mit den Ideen zu ihrem neuen Outfit im Auto auf sie gewartet. Und wohin ging's? Das hat er nie erfahren, mein Bruder. Es war schon bald Ostern. Zum Skifahren im letzten Schnee? Nach St. Moritz? Oder in den frühen Sommer auf die Balearen? Oder die Malediven? Oder Mauritius?

Das Kind habe nicht geweint. Darüber habe er sich gewundert. Es sah ihn an, löste den Blick nicht von ihm. Wohlwollende Neugierde. Erst jetzt habe er bemerkt, dass neben dem Treppenaufgang ein zweites Köfferchen gestanden habe. Und ein Kinderwagen.

Er ließ sich von mir umarmen und ging mit Putzi an der Hand davon. Vom Küchenfenster aus sah ich sie. Putzi zog die Männer den Frauen vor. Sie mochte mich, das wusste ich, aber manchmal raffte sie ihre Fäustchen an die Brust und sah mich prüfend an. Das hat mir immer einen Stich gegeben.

8

Ich hatte nun den Säugling, den abgestillten. Ich sage es nicht gern, das Kind war mir nicht sympathisch. Mein Mann war sehr lieb. Zu mir und zu dem Kind. Er tat, als wäre es unseres. Als wäre das Kind eine Chance. Dass wir wieder zueinanderfinden. Ich war verknallt in Putzi, Putzi 1, nicht so wie mein Bruder, für ihn war sie – wie soll ich sagen? Michael hatte einmal gemeint, schon bevor ich begann, über Richard zu schreiben, wie nebenbei hatte er gesagt: »Richard hat nie jemanden geliebt.« So nebenbei war das gekommen, dass ich gar nicht darauf reagiert hatte. Ich glaube, ich hatte gesagt, das könne man doch über keinen Menschen sagen.

»Und seinen Hund hat er auch nicht geliebt?«, fragte ich.

»Doch, den schon.«

Putzi liebte er. Es war die reine Liebe eines Barbaren.

Und ich hatte den Säugling. Ich sprach mit der Studentin, die an den Nachmittagen im Laden war. Ob sie für mich einspringen könne. Zwei Wochen. Natürlich bekomme sie mein Geld. Unsere Chefin fragten wir gar nicht. Solange der Laden lief, war ihr alles recht. Das Kind war sehr angenehm. Nicht lieb. Aber nicht anstrengend. Es schlief viel, immer zu den gleichen Zeiten. Weinte selten. Schaute einen immer an. Das war ein bisschen unheimlich. Die Oberlippe war besonders. Erwachsen. Wie von einer erwachsenen Frau, die schon einiges erlebt hatte. Ein Mundwinkel ganz leicht heruntergezogen. Wenn sie erst erwachsen sein würde, könnte das zu einem zynischen Zug werden. Jetzt sagte es: Ich durchschaue dich. Du machst mir nichts vor. Tatsächlich schauderte mir manchmal, wenn ich allein mit dem Kind war. Als verbärge sich hinter der Maske des Säuglings jemand anderes. Ein Weib, viel älter als ich. An mir wäre es, sie als Freundin zu gewinnen. Sie hatte eine Freundin nicht nötig.

Als mein Mann und ich nachts im Bett lagen, das Kind zwischen uns, fragte ich ihn: »Findest du nicht, dass sie eine eigenartige Oberlippe hat?«

»Doch«, sagte er.

Ich hatte gehofft, er sagt Nein. »Und was findest du daran eigenartig?«, fragte ich.

»Sie sieht erwachsen aus.«

Also!

»Ist sie dir unheimlich?«, fragte ich ihn.

»Die kleine Simone? Quatsch! Du bist hysterisch.«

»Danke«, sagte ich.

»Entschuldige«, sagte er, »ich wollte dich nicht kränken.«

»Du kränkst mich nicht«, sagte ich. »Ich bin froh, wenn ich hysterisch bin. Schlimmer wäre es, wenn das Kind ein Monster wäre.«

Ich habe mich nicht an Simone gewöhnt. Ich habe vermieden, ihren Namen zu nennen. Ich sagte zu Undine: »Leg sie in deinen alten Kinderwagen und mach mit ihr eine Runde. Willst du?«

Das tat sie gern. Wie alle Mädchen in ihrem Alter. Als ich in ihrem Alter war, haben alle Mädchen gern ihre Brüderchen oder Schwesterchen herumgefahren. Zwei Jahre später sah man dieselben inzwischen Pubertierenden beim Pferdestall. Erst Kinderwagen, dann Ross. Oliver blieb auf Distanz. Er wollte weder beim Wickeln zusehen, noch wollte er ihr das Fläschchen geben. Aber ich beobachtete ihn, wie er in die Wiege schaute. Lange. Er denkt wie ich. Er sieht das Merkwürdige im Gesicht dieses Kindes. Dachte ich. Einmal habe ich Simone laut lachen hören. Als Undine ihr anstatt des Schnullers ein Bounty, das sie der Länge nach durchgeschnitten und zurechtgelutscht hatte, in den Mund steckte, es wieder herauszog, es wieder hineinsteckte.

9

Und dann stand Kitti wieder vor Richards Tür, immer noch schwarz die Frisur und die Kleidung, die Lippen nun auch. Sie hatte Orangen mitgebracht. So gute habe er noch nie gegessen. Und eine Wasserpfeife. Als Putzi ihre Mutter sah, begann sie zu weinen. Sie lief weg und versteckte sich hinter Schamasch, der bei der Heizung lag. Kitti wollte sie holen, aber der Hund richtete sich auf und senkte den Kopf und zog die Lefzen zurück.

»Dann halt nicht«, sagte sie, klemmte das Baby unter den Arm und ab.

Ab.

Richard wartete. Er dachte, gleich steht sie wieder vor der Tür. Alles nur Show. Alles nur Theater. Alles Erpressung. Strafe für etwas, was sie selber nicht kennt. Er hatte keine drei Worte mit ihr gewechselt.

Aber sie stand nicht vor der Tür.

Richard legte Putzi schlafen, sang ihr *»Pale Blue Eyes«* von Lou Reed vor, das war inzwischen ihr Lieblingsgutenachtlied. Es klingelte immer noch nicht. Schamasch legte sich neben das Bettchen, das Richard für sie gebaut und mit dem Pinsel verziert hatte. Er hatte sich in der Landesbibliothek ein halbes Dutzend Tierbücher ausgeliehen, die hatten sie sich gemeinsam angesehen und beratschlagt, welches Richard aufs Bettchen malen sollte. Auch Putzi hatte ein Tier gemalt, einen Elefanten, der aussah wie ein Schuh, grau war er. Richard erzählte ihr, er habe sich immer graue Halbschuhe gewünscht, früher habe es welche gegeben, mit hellen Kreppsohlen. Elegant wäre, sagte er, dazu ein grauer Anzug und rote Socken und ein graues Hemd und eine graue Krawatte. Vor grauem Hintergrund, belehrte er sie, komme die Schönheit des Menschen am besten zur Geltung. Aber kein moderner Anzug sollte es sein, sondern einer wie in den alten Schwarz-Weiß-Filmen, da seien sowieso alle Anzüge grau. Breite Schultern, weite Hosen mit doppelter Bundfalte. Lange Sakkos. Am besten dazu einen Hut, der aber braun. Und große glänzende Ringe an mindestens vier Fingern, einer mit einem schwarzen glatten Stein. Und Zigaretten mit Spitze. Aus einem Etui. Und ein goldenes Feuerzeug. Putzi hörte ihm aufmerksam zu. Immer hörte sie ihm aufmerksam zu.

Ein Monat verging, noch ein Monat verging. Putzi begleitete Richard jeden Tag in die Setzerei. Alle hatten sie gern. Niemandem war sie im Weg. Sie durfte herumtollen. Bald kannte sie die Maschinen, sie redete mit ihnen, die eine hatte sie lieber, die andere nicht so gern. Für die liebe Maschine brachte sie etwas mit, einen Lutscher oder Gummibärchen. Manchmal besuchten sie uns. Alle mochten sie. Oliver nahm sie an den Händen und drehte sich im Kreis, so dass ihre Beine in der Luft schwebten und sie vor Vergnügen quietschte. Undine knetete mit ihr Figuren aus Plastilin, die ganze Familie, Mama, Papa, Oliver, sie selbst, Richard, Putzi, Schamasch.

Wenn Putzi draußen auf der Terrasse mit Undine spielte, sagte ich: »Richard, so kann das nicht weitergehen.«

Und er sagte: »Was kann so nicht weitergehen?«

»Du bist nicht ihr Vater.«

»Und?«

»Wenn dich jemand anzeigt.«

»Wer?«

»Jemand sieht einen Mann mit einem Kind, der bisher kein Kind gehabt hat, der Mann wohnt allein mit dem Kind. Das genügt. Was fragen die in der Setzerei?«

»Die fragen nichts. Ich habe ihnen gesagt, sie ist dein Kind und du bist auf Weltreise.«

»Das hast du nicht gesagt.«

»Ich habe gesagt, Putzi ist Gretels Kind, und Gretel ist auf Weltreise.«

»Das hast du auch nicht gesagt.«

»Ich habe gesagt, Putzi ist Renates Kind, und Renate ist in Berlin und kann sie gerade nicht brauchen, weil sie psychische Probleme hat.«

»Du bist ein Schmähtandler!«, sagte ich.

Ein dritter Monat verging und ein vierter und ein fünfter. Und schon war Sommer. Die Kinder hatten Schulferien, und Richard verbrachte die Wochenenden zusammen mit Putzi und Schamasch unten am See. Dort, wo er die alte Badewanne gefunden hatte. Die war inzwischen weggeräumt worden. Dort, wo Putzi ihren Papa und Schamasch kennengelernt hatte. Die drei waren Käuze.

IV

Tanja

I

An meinem dreißigsten Geburtstag starben die RAF-Terroristen Andreas Baader, Gudrun Ensslin und Jan-Carl Raspe in ihren Zellen im Hochsicherheitstrakt im Gefängnis Stammheim. Die Männer haben sich selbst erschossen, die Frau hat sich erhängt. Irmgard Möller, die vierte, stieß sich ein Messer in die Brust, sie überlebte. Wenige Stunden später wurde der deutsche Arbeitgeberpräsident Hanns Martin Schleyer ermordet. Die Terroristen draußen, die ihn entführt und seit über einem Monat als Geisel gehalten hatten, um ihre Genossen freizupressen, schossen ihm ins Genick, packten die Leiche in den Kofferraum und stellten das Auto über der Grenze in Frankreich ab. Die Straße – das habe ich mir gemerkt – hieß *Rue Charles Péguy*. Ich las in einer Zeitung, das habe etwas zu bedeuten. Charles Péguy sei ein Sozialist, aber auch ein Nationalist, ein Mystiker und sonst noch alles Mögliche gewesen. Und er sei am Beginn des Ersten Weltkriegs im Feld durch einen Kopfschuss getötet worden. Das alles, las ich, wüssten die Terroristen, und sie hätten uns damit, dass sie das Auto mit dem toten Arbeitgeberpräsidenten ausgerechnet in dieser Straße abgestellt hätten, etwas sagen wollen. Uns, der Gesellschaft. Aber was wollten sie uns sagen? Manchmal fuhr ich mit den Kindern über die Grenze nach Lindau, um russische Törtchen zu kaufen, die wir alle so gern hatten. Ich starrte beim Zoll auf die Fahndungsplakate mit den Terroristen. Eines der

Plakate war schon alt. Es sah aus wie die Ankündigung eines Rockkonzerts. Die Köpfe von Baader, Raspe und Ensslin waren mit Kuli durchgestrichen, noch vor ihrem Tod. Jan-Carl Raspe sah aus, als wäre er ein möglicher neuer Gitarrist der Rolling Stones, vielleicht hatte ja nach Mick Taylor auch Ron Wood das Handtuch geworfen. Auch der Kopf von Ulrike Meinhof war durchgestrichen. Ein Jahr vor den anderen hatte sie sich in ihrer Zelle erhängt. Die Gedanken an sie hatten mich lange nicht losgelassen. Ich dachte: Eine Kleinigkeit anders in meinem Leben, und ich wäre eine wie sie. Ich erinnere mich, es war viele Jahre später, ich war zu einer literarischen Veranstaltung auf einem Schiff eingeladen, da saß ein ehemaliger Aufseher von Stammheim im Publikum, nach meiner Lesung setzte er sich zu mir und stellte sich mir vor. Dieser Mann war davon überzeugt, dass die Terroristen ermordet worden waren. So überzeugt war er, dass ich ihn fragte, ob er es getan habe. Es war wieder an meinem Geburtstag. Meinem fünfzigsten. Dem zwanzigsten Jahrestag der Tragödie, die inzwischen der »Deutsche Herbst« genannt wurde. Er starrte mir lange gerade und kalt in die Augen. Er habe sie gekannt, alle fünf, das seien böse Menschen gewesen, sagte er. Die hätten weggehört. Weg! Seit meiner Kindheit fürchte ich mich vor meinen Geburtstagen. Immer habe ich gebangt, hoffentlich ist er bald zu Ende, und es passiert nichts.

Zwei Tage nach meinem dreißigsten Geburtstag, nachmittags, besuchte mich Richard, um mir alles Gute zu wünschen und dass ich dreimal so alt werde. Putzi sei im Geschäft, die Kollegen kümmerten sich um sie, das heißt, eigentlich müsse man sich nicht um sie kümmern, sie kenne sich aus, die Werkstatt sei für sie wie ein zweites Wohnzimmer. Ich wollte ihn in ein Gespräch über die toten Terroristen und den ermordeten Arbeitgeberpräsidenten verstricken. Wir hörten Nachrichten, einen deutschen Sender, ununterbrochen wurde berichtet, schon den ganzen Tag. Mir klopfte das Herz. Richard sah vor sich nieder, als wäre die Nachricht eine unter vielen anderen, die da rein- und dort rausgingen. Ich sagte, die hätten den Richtigen erwischt, der sei bei der SS gewesen. Auch das beeindruckte Richard nicht.

Er sagte: »Denken wir uns etwas aus. Du bist die Terroristin, ich der Entführte.«

Ich kam mir so streng vor, wie eine Gouvernante kam ich mir vor und zugleich doktrinär, einerseits war ich vom Ton meiner eigenen Stimme angewidert, andererseits aber auch fasziniert. Ich hörte mich sagen: »Sei einmal vernünftig, Richard!« Und: »Späte Gerechtigkeit!« Und: »Wann endlich wirst du erwachsen!« Und: »Wer Wind sät, wird Sturm ernten.« Und damit meinte ich nicht die Terroristen, sondern den Staat. Ich hatte keine Ahnung, weder von den einen noch von dem anderen.

»Ach, komm«, sagte er, »spielen wir Terroristen! Oder ich bin der Terrorist und du die Entführte. Aber ich glaube, die entführen eher Männer als Frauen ... Ich weiß eigentlich auch nicht, warum. Weißt du, warum? Interessant ist doch auch, Kinder werden nicht entführt ... nicht von Terroristen ... Warum eigentlich nicht? Das wäre doch viel einfacher ... Dafür braucht man keine Maschinenpistolen, höchstens einen Lutscher oder ein paar lässige Turnschuhe ...« Putzi habe eine Zeichnung für mich gemacht, redete er weiter und ließ mich nicht zu Wort kommen, und ich war ihm dankbar dafür. Sie würden mich am Abend besuchen kommen, sagte er, Putzi wünsche sich das, er bringe einen Sekt mit, er wisse, dass mir Sekt nicht schmecke, darum bringe er einen mit, und dann bringe er noch eine Überraschung mit.

Aber am Abend kamen nur er und Putzi. Ich bewunderte ihre Zeichnung und wartete auf die Überraschung. Und dann hielt ich es nicht mehr aus und fragte. Er druckste herum. Putzi stieß ihn immer wieder mit dem Ellbogen.

»Sag's!«, sagte sie. »Sag es endlich!«

Endlich sagte er es. Die Überraschung wäre seine neue Freundin gewesen. Tanja.

»Und warum hast du sie nicht mitgebracht?«

»Putzi wollte es nicht.«

Putzi nickte.

»Magst du sie nicht?«, fragte ich sie, und wenn ich ehrlich bin, ich hoffte, sie nicke wieder.

Sie aber schaute nur Richard an.

»Wir wissen es noch nicht«, sagte er.

»Was wisst ihr noch nicht?«, fragte ich.

»Ob wir sie mögen«, sagte Putzi.

»Und wann wisst ihr es?«

»Wir wollten, dass du heute Abend die Hauptperson bist«, sagte Richard, und Putzi nickte wieder.

Ich musste lachen. »Ist sie eine zweite Marilyn Monroe, oder was?«

»Das nicht«, sagte er zerknirscht. »Aber erst waren die Terroristen, das war ja auch schon blöd … an deinem Geburtstag … Entschuldige.«

Beide waren sie zerknirscht.

2

Eine zweite Marilyn Monroe war sie nicht. Aber hübsch war sie. Und noch sonst einiges mehr. Es dauerte eine Weile, ein halbes Jahr dauerte es, bis ich sie kennenlernen durfte.

Denke ich heute an Tanja, fällt mir ihr Staunen ein, Staunen über beinahe alles. Es war, als würde sie vieles zum ersten Mal sehen, obwohl – sie war Ende zwanzig. Ich habe mir das immer gewünscht: die Welt anzuschauen wie zum ersten Mal – oder zum letzten Mal. Michael sagt, nur aus solcher Anschauung lasse sich Poesie machen. Ich frage ihn, ob man die überhaupt *machen* kann. Er sagt, Peter Handke könne es. Ich sage, der würde dich zusammenschreien, schon wenn er nur denkt, dass du so denken könntest, und wenn du anders denkst, erst recht. Richard war Tanjas erster richtiger Mann. Das soll ich glauben? Richard erzählte es mir, und sie erzählte es mir später auch. Er sprach darüber in der für ihn eigentümlichen dokumentarischen Art, wenn es um das Privateste des Privaten ging. Als wäre er der Sprecher in einem Feature über die Gebräuche eines fernen Volkes. In solchen Momenten waren mir die Gebräuche im Inneren des Kopfes meines Bruders unbegreiflicher als die Rituale des fernsten Volkes. Die Stirn und die Schläfen waren Mauern, auf deren Kronen stand: Nichts kommt raus und nichts kommt rein ohne giftige Kontrolle. Es hatte keinen Sinn, ihn zu verhören.

Eines Abends – nach langer Abwesenheit – stand Richard wieder einmal vor meiner Tür. An seiner Hand Putzi in einem Matrosenanzug mit Kapuzinerringlein an jedem Finger, auch an den Daumen, neben seiner Schulter eine schlanke Frau, einen halben Kopf kleiner als er. Schamasch zwängte sich gleich an mir vorbei und hockte sich neben den runden Tisch im Wohnzimmer, wo sein Platz war, und sah mich an, als erwartete er mein Lob. Es war am Beginn der Osterferien, ich war allein, Oliver und Undine besuchten zusammen mit ihrem Vater ihre Großeltern in München. In der Mischung aus Rohheit, verschämter Zärtlichkeit und Gleichgültigkeit, die ich an ihm gut kannte, deutete Richard auf die Frau hinter ihm, drehte sich aber nicht zu ihr um und sagte: »Sie ist meine Neue.«

»Ich heiße Tanja«, sagte sie, »ich freue mich, Sie kennenzulernen«, und nannte auch ihren Nachnamen.

Richard sagte: »Kannst sie ruhig duzen.«

Sie sah ihn an, er sie nicht. Und das blieb den ganzen Abend so. Ich konnte mich gar nicht mehr daran erinnern, dass er sie mir hatte vorstellen wollen, vor einem halben Jahr, als Überraschung, als wäre sie sein Geburtstagsgeschenk an mich. Irgendwann ging ich in die Küche, um Teewasser aufzustellen, da sah ich, wie er die Hand nach ihr ausstreckte. Ich beobachtete die beiden durch den Türspalt. Sie nahm seine Hand begierig und drückte sie an ihre Brust, er lehnte seinen Kopf gegen ihren, und es war eine Ruhe zwischen ihnen wie im Glück, das musste ich eingestehen. Sein Glück sollte sein Geburtstagsgeschenk für mich sein.

Wenn ich heute an diesen Abend denke, schäme ich mich. Weil ich mich benahm wie die eifersüchtige Schwester aus dem Märchen. Ich wollte mir Tanja klein halten. Was alles kann Hand auf Brust bedeuten? Was kann Kopf an Kopf bedeuten? Sie gab sich vor mir untertänig. Ich mochte das nicht. Ich hätte es nicht gemocht, wenn sie untertänig gewesen wäre, noch weniger mochte ich es, dass sie sich so gab. Ich glaubte ihr nicht. Auch das Dauerstaunen in ihrem Gesicht nahm ich ihr nicht ab. Warum nicht? Deshalb: Wie sie sich herrichtete. Wäre sie Stylistin von Beruf gewesen, wäre es ihr nicht besser gelungen. Die Haare waren gefärbt. Ich hätte nicht darauf gewettet, aber ich kenne keine Frau ab zwanzig, die ihre Haare nicht färbt oder wenigstens tönt. Anders als bei Kitti war die Tönung nicht so ohne Weiteres zu erkennen. Kittis Haar, wenn sie es schwarz trug, war schwarz, als hätte sie den Kopf in Teer getunkt. Ihr Haar gab ein Signal, das hieß: Seht her, ich will schwarz, und zwar so schwarz, wie es nur geht! Tanjas Augen bewegten sich bedeutsam, als rentierte es sich nicht, etwas anzusehen, was nicht bedeutsam ist. Der Kajalstift war so raffiniert gezogen, dass auch eine geübte Konkurrentin auf echt hätte tippen können. Augenumrahmungen wie bei einem Tiger. Das Make-up ließ kleine Unebenheiten und Fehlerchen sichtbar, und gerade deshalb erschien die Haut makellos. Sie hatte einen Schwung im Hals, elegant, und sie wusste es. Sie sah sehr gut aus. In der Rezeptur ihres Designs war auch Widersprüchliches und Unerwartetes nicht vergessen worden. Ich stellte fest: Wenn Richard etwas sagte, was einen für ihn typischen Anflug von Absurdität hatte, flitzte ein Ausdruck gequälter mütterlicher Liebe über ihr Gesicht, was mich an Anna Magnani in Pasolinis *Mamma Roma* erinnerte – über die einer alles Mögliche sagen könnte, nur nicht, dass sie naiv sei. Und als ich zur Musik vom Plattenspieler ein paar Tanzschritte hinlegte, lächelte sie ein gespielt vulgäres Grinsen zu Richard hinüber, wie ich es von Liza Minnelli in *Cabaret* kannte – dazu passte ihre Frisur, die den Filmstar zumindest zitierte. Mein Schluss aus alldem: Die Frau ist nicht naiv. Sie sieht anders aus, als sie ist. Die gemachte Naivität war gut gemacht. Wer Naivität spielt, geht ein Risiko ein, nämlich für dumm gehalten zu werden. Mit Staunen kann solchem Eindruck entgegengewirkt werden. Der kluge Naive staunt. Der dumme Naive staunt nicht. Wer weder dumm noch naiv ist, aber für naiv gehalten werden will, der staunt.

Als Richard erfuhr, dass mein Mann und die Kinder in der Karwoche und wahrscheinlich noch über die Osterfeiertage nicht auftauchen würden, fragte er, ob Tanja, Putzi und er wenigstens heute Nacht bei mir schlafen dürften. Tanja versuchte derweil im Wohnzimmer, Putzi für sich zu gewinnen – was ihr nicht gelang und nie gelingen würde –, in der Küche flüsterte mir Richard zu, er habe nämlich Angst, Kitti werde auftauchen, und wenn die seine Neue sehe, könne er für gar nichts garantieren.

»Bist du verknallt?«, fragte ich.

»Dann bräuchte ich einen Waffenschein«, sagte er. »Kannst du mir einen besorgen?«

»Will sie etwas von dir?«

»Sie will mich heiraten«, antwortete er geradeheraus. Er war naiv. Aber nicht raffiniert naiv, sondern einfach nur naiv. Wie seine Bilder. Er selbst hatte mir einmal verraten, er wünsche sich, die Leute unter seinem Pinsel würden endlich einmal nach rechts oder nach links schauen und nicht immer nur dem Betrachter mitten ins Gesicht hinein, aber sie tun es nicht.

»Und du?«, fragte ich. »Willst du heiraten?«

»Es wäre einmal etwas anderes«, sagte er.

»Soll ich das ernst nehmen, Richard?«

Er: »Kennst du den Witz vom Albert und vom Ernst?«

»Richard«, sagte ich, »du machst wirklich immer alles falsch.«

»Bist du in Michael verknallt?«, fragte er.

»Ich weiß nicht, ob ich es so benennen würde«, sagte ich.

Dazu er: »Und du, Monika, du weißt wirklich immer und bei allem nicht, ob du es so benennen würdest.«

Ich schlief mit Putzi in Olivers Bett, Richard mit Tanja im Ehebett. Schamasch dazwischen im Wohnzimmer, unglücklich, weil beide Türen zugeklinkt waren. Putzi schmiegte sich an mich und streichelte mich mit einem Büschel ihrer Haare. Das kannte ich nur von ihr, und bis heute habe ich niemanden getroffen, der so etwas tut. Ich weiß gar nicht, was aus ihr geworden ist, ob sie einen Liebsten hat, ob ihre Haare genug lang sind, damit sie ihn damit liebkosen kann. Sie hätte mich gern zu ihrer Schwester gehabt und ich sie gern zu meiner, aber in ihrem Alter. Sogar noch im Schlaf, wenn ihr Mund mich im Nacken berührte, küssten die Lippen drauflos, automatisch, als würde meine Haut eine Reaktion auslösen. In der Nacht weckte sie mich und fragte, warum ich unter den Armen keine Haare habe.

»Wer hat denn dort welche?«, fragte ich.

Aber da war sie schon wieder eingeschlafen. Ihr Atem roch nach süßer lauwarmer Milch.

Am nächsten Morgen standen Tanja und ich als Erste auf. Sie hatte sich Richards T-Shirt übergezogen, vorne drauf Boris Karloff als Frankensteins Monster mit Schrauben an den Schläfen, ein Szenenfoto aus dem Film, Sonderanfertigung, hat ihm sein Freund mit den verqueren Armen gemacht. Ich ließ ihr im Bad den Vortritt. Sie nickte nur, sprach nicht. Ihr Gesicht war abgeschminkt. Nun war es ein hübsches biederes Marzipangesicht, in dem ich weder Naivität noch Staunen erkennen konnte. Aber einen starken biederen Willen.

3

Tanja hatte Urlaub. Ich nahm mir einen Tag. Richard zog los, nach nur einem Kaffee, Putzi und Schamasch ließ er bei mir zurück, irgendwann, so gegen neun oder zehn, würde er den Lehrling schicken, ihm eine Leberkäsesemmel und eine Almdudler zu holen und sich selber auch, wenn er wolle, den Rest könne er behalten. Am Abend nach der Arbeit würde ihm seine Schwester eine Art Braten vorsetzen mit Bier und ohne Salat. Er würde Putzi tagsüber vermissen, die anderen mit Druckerschwärze Verschmierten auch und der Chef auch. Sie würden immer wieder in ihre Spielecke schauen, die ausgestattet war mit Schokolade, Zitronendrops, einer Handpuppe, Murmeln, einem Ausschneidebogen, einem Set Luftballons. Sehnsüchtig würden sie schauen. Als würde Putzi nie wieder den Tag bei ihnen verbringen, mit ihren Fragen, ihrem Jauchzen, ihren angezogenen Beinchen, wenn sie ihren Mittagsschlaf hielt im Lärm der Maschinen. Richard hatte, ehe er loszog, zu mir gesagt: »Das verstehst du schon, dass ich Putzi und Schamasch bei dir lasse. Sonst denkt sie, alles, was ich liebe, nehme ich mit, sie aber nicht.«

Und ich, blöd vor Sturheit: »Wer denkt so?«

Also verbrachten diesen Tag, einen halb sonnigen, Tanja, Putzi, Schamasch und ich. Von der Wiese eine Straße weiter wehte der Duft von verbranntem Gras zu uns herüber. Dort zündeten sie den dürren Hang an. Ich wäre gern dabei gewesen. Und ich sah Schamasch an, dass er ähnliche Lüste hatte. Putzi spielte draußen auf der Terrasse mit ihm, sie stapelte die losen Klinkerfliesen übereinander, er stieß sie mit der Nase um, dann durfte das Kind den Hund schelten, beide lachten, auch der Hund. Tanja und ich dehnten das Frühstück bis in den Nachmittag aus. Ich rauchte viel. Sie erzählte. Ich hörte zu.

Ihr erster Satz war: »Wollen Sie wissen, wie die Liebe entstand?«

Ich glaube, ich bin rot geworden. Das werde ich nie. Aber ich bin. Aus drei Gründen. Weil ich es nicht wissen wollte. Weil sich der Satz wie aus einem Film mit Peter Alexander anhörte. Weil sie mich nach einem Abend mit Du nun siezte.

»Bitte, sagen wir weiter Du zueinander«, sagte ich, »sonst werde ich zu einem Holzklotz.« Der war ich schon.

»Entschuldigen Sie«, sagte sie, und dann kicherte sie und warf den Kopf zurück und gleich nach vorne in meine Richtung, als wären wir zwei tuschelnde Freundinnen. »Entschuldige, Monika, entschuldige! Weißt du, woher das kommt? Das kommt von meinem Beruf. Alle Leute, die ich um diese Tageszeit treffe, sieze ich, und sie siezen mich.«

Ich wollte nichts fragen. Ich wollte zuhören und nichts fragen. Ich wollte nicht die eifersüchtige Schwester sein. Ich wollte fein raus sein. Also fragte ich nicht nach diesen Leuten und nicht nach Tanjas Beruf.

Sie hatte eine Eigenart, das R auszusprechen. Das fiel mir erst jetzt auf. Wenn vor dem R ein F stand, sprach sie es aus wie ein D, ein kurzes, schnelles D. Fdeitag. Fdagen. Fdost. Fdech. Fdosch. Fdeude. Fdeund. Das rührte mich. Vielleicht wegen des Geruchs nach verbranntem Gras, wegen der Frühlingsluft und der Amselmusik. Es rührte mich so sehr, dass ich meine Vorbehalte vergaß. Irgendwann umarmte ich sie. Nicht, weil sie etwas Umarmungswürdiges gesagt hatte, sondern weil dreimal hintereinander auf ein F ein D gefolgt war.

Dabei rieb sie zwischen Daumen und Zeigefinger die Wolle ihres Ärmels.

Sie habe immer viel Angst gehabt, erzählte sie, und um ihre Angst zu verlieren, meinte sie tun zu müssen, was sie am meisten fürchtete. Nämlich einen Mann, der ihr gefiel, anzusprechen. Das Gute an ihrem Beruf sei, dass ihr geschäftlich niemand gefallen müsse und auch niemand gefalle. Es sei sicher ein Fluch, dass sie nur das Außergewöhnliche lieben könne. Wenn sie einen außergewöhnlichen Menschen treffe, erkenne sie ihn sofort.

Also, wollte ich fragen, halte sie Richard für einen außergewöhnlichen Menschen. Fragte ich aber nicht. Was jemand denken könnte, nämlich, dass sie mir schmeicheln wollte, indem sie meinen Bruder in den Himmel hob, das dachte ich nicht.

Sie habe Richard oft gesehen, vom Fenster ihres Büros aus, ihre Kanzlei sei in der Römerstraße, sie sei ihm auch nachgegangen, wenn er mit Putzi an der Hand und Schamasch daneben am Seeufer entlangflaniert sei. Wie er gehe.

»Wie geht er denn?«, fragte ich.

Sie antwortete nicht, wie John Wayne, sondern: »Als ob er das Gehen erfinden würde, bei jedem Schritt neu.«

Ich sagte, ich fände das übertrieben. »Er hat die Englische Krankheit gehabt als Kind.«

Sie lächelte in sich hinein. Und ließ eine lange Pause. Weder konnte ich die Pause noch das Lächeln deuten. Ich sah die kleinen Löcher in ihren Ärmeln. Ich hatte bemerkt, dass sie immer wieder einen Unterarm an ihr Gesicht hob. Sie biss Wolleklümpchen aus ihrem Pullover. Sie habe sich einen regnerischen Tag ausgesucht, abends, sie mit Schirm, also versteckt, so habe sie Richard verfolgt.

»Bin ich ihm gefolgt, so.«

»Was heißt, du hast dir einen regnerischen Tag ausgesucht?«, fragte ich. »Du kannst dir vielleicht einen Regentag aussuchen, aber doch nicht, ob Richard an diesem Abend spazieren geht oder nicht.«

»Doch«, sagte sie. Ob ich nicht wisse, dass Richard jeden Abend spazieren gehe, egal, ob es regne oder nicht.

Sie war ohne Lüge. Ohne Taktik. Keine Berechnung. Ohne Verteidigung. Sie habe sich in ihn verliebt. Auf der Stelle. Sie habe herausgefunden, wo er wohne. Sie habe herausgefunden, wo er arbeite. Sie habe herausgefunden, wie sein Tag ablaufe. Sie habe herausgefunden, dass er selten jemanden treffe. Manchmal einen Freund, nie eine Frau. Aufdringlich sei sie nicht gewesen. Manchmal wünsche sie sich, sie wäre aufdringlich, wenigstens ein bisschen. Schon die Frage nach dem Namen könnte als aufdringlich empfunden werden. Schon ein Blick könnte als aufdringlich empfunden werden. Wie aber lernen sich Menschen kennen? Wenn jede Kontaktaufnahme ein klein wenig aufdringlich ist? Sie habe sich Worte zurechtgelegt, die sie zu ihm sagen würde, falls es dazu käme. Außergewöhnliche Formulierungen an einen außergewöhnlichen Menschen gerichtet: Sie sehen aus wie ein Denker. Was würde er darauf antworten? Vielleicht: Und woran, denken Sie, denke ich? Und sie wüsste nicht, was sie antworten sollte. Sie schäme sich sogar vor mir, dass ihr so eine Formulierung durchs Hirn gekrochen sei.

»Wieso *sogar* vor mir?«, fragte ich und wollte eigentlich fragen, wie ich mir eine Formulierung vorstellen solle, die krieche.

Richard sei ohne Schirm gegangen, er trug, wie immer,

seinen zerschlissenen Ledermantel, der war keinen Löffel Zucker mehr wert, aber an ihm sah er aus wie Haut. Putzi war unter einer Gummipelerine und, wie immer, ganz nah an seiner Seite. Schamasch nass. Sie habe die drei überholt, den Schirm Richard zugewandt, dann habe sie umgedreht und sei direkt auf den Mann mit dem Kind und dem Hund zugegangen, Angst vor dem Mann, Angst vor dem Hund, sei nahe vor ihm stehen geblieben und habe hastig gesprochen: »Also, ich habe herausgefunden, dass Sie malen, und zwar außergewöhnlich, und zufällig habe ich eine Wand, die ein paar außergewöhnliche Bilder braucht.«

Er habe geantwortet: »Ich male nicht für Wände.«

»Aber in derselben Nacht war ich schon bei ihm«, erzählte sie.

Putzi sei in ihrem Bettchen gesessen, sie spielte mit Tablettenhülsen und aß zusammen mit Schamasch die Katzenzungen aus Schokolade, die Tanja mitgebracht hatte. Das Kind wollte nicht schlafen, und Richard ließ es. Putzi denke sich nichts dabei, sagte er zu Tanja. Er lehnte ein paar Bilder an die Wand gegenüber. Sie dürfe sich zwei aussuchen. Wenn sie eines bezahle, sei das zweite gratis. Sie sei glücklich gewesen. Und sei glücklich seither in jeder Sekunde. Sie habe darauf bestanden, beide Bilder zu bezahlen.

»Wir haben miteinander geschlafen, und Putzi hat uns zugesehen, und was denkst du, Monika, war das Erste, was er hinterher zu mir gesagt hat?« Mir wäre einiges eingefallen, und was Richard tatsächlich gesagt hatte, wunderte mich nicht. »Licht und blaue Luft zum Leben.«

»Eine Gedichtzeile«, sagte ich, und weil ich ihre Enttäuschung sah, log ich. »Das hat er sich ausgedacht. Für dich.«

Sie war jetzt verwirrt und auch misstrauisch mir gegenüber. »Vielleicht mag er mich nicht ganz so fest wie die liebe Putzi«, sagte sie. »Aber doch fast, oder?«

»Auf jeden Fall«, sagte ich und dachte: Sie ist wahrlich die Richtige für ihn. Sie ist gemacht für ihn. Mein Bruder hat seine andere Hälfte gefunden und sie ihre zweite. Sie ist sein vernünftiger Teil. Und er ihr verrückter. Oder umgekehrt. Geist von seinem Geiste. Herz von ihrem Herzen. Oder umgekehrt. Das tat mir weh.

»Und wie die liebe Putzi heißt, weißt du?«, fragte ich und tat dabei so unglaublich nebenbei, dass ich beinahe selber glaubte, es sei nebenbei.

Ich hörte Putzi draußen lachen und Schamasch bellen, kurz wie ein trockener Husten. Meine Frage blamierte alle – zuvorderst Putzi, dann mich selbst, auf besonders hässliche Weise Richard, aber auch Tanja, sogar Schamasch.

»Rosi«, antwortete sie.

Ich wünschte, die Porzellankatze auf dem Bücherregal, die mir Michael aus Frankfurt mitgebracht hatte, risse ihr Maul auf und verschlänge mich samt Ehering und Hauspatschen.

»Rosi«, wiederholte ich. Ohne Rufzeichen, ohne Fragezeichen, ohne Sarkasmus, ohne alles. »Sie heißt Rosi, Putzi heißt Rosi.« Mir gelang derselbe Reporterton, den Richard anschlug, wenn er über etwas sprach, das Wert für ihn hatte. Wobei das nur meine Interpretation war. Erstens wusste ich nicht, was für ihn Wert hatte, zweitens bestätigte es zwar meine Beobachtung, bewiesen war aber nicht, ob der Reporterton ebendies meinte, ob er überhaupt etwas meinte, drittens, ob für meinen Bruder überhaupt etwas Wert hatte.

»Und als ich gesehen habe«, fuhr Tanja fort, »wie er mit

seiner Tochter umgeht, da kam zu meiner Verliebtheit Liebe dazu. Das wollte ich dir erzählen, Monika.«

»Als du gesehen hast, wie er mit seiner Tochter umgeht«, wiederholte ich nun auch diesen Satz.

»Hast du«, fragte sie, »je einen Vater gesehen, der seine Tochter mehr lieb hat als Richard Rosi?«

Nein, so einen Vater hatte ich noch nie gesehen.

4

»Ich würde mir gern eine Sexszene ausdenken«, sage ich zu Michael. »Aus Tanjas Sicht.«

»Du kannst dir Richard beim Sex nicht vorstellen«, antwortet er, »und Tanja willst du dir dabei vorstellen?«

»Dass sie unter die Bettdecke kriecht und an ihm herummacht. Dass sie ihm einiges beibringt.«

»Bei dir, in eurem damaligen Ehebett?«

»Nein. Bei ihm. Tanja hat erzählt, sie sind gleich am ersten Tag miteinander ins Bett gegangen. Soll ich das glauben?«

»Warum nicht? Sind wir doch auch.«

»Sie sagt, Richard war ihr erster *richtiger* Mann. Du warst nicht mein erster *richtiger* Mann und ich nicht deine erste *richtige* Frau.«

»Man müsste überlegen, was sie mit ›richtig‹ meinte. Wenn er tatsächlich ihr erster Mann gewesen wäre, also dass sie vorher mit niemand anderem geschlafen hat, dann wüsste ich nicht, warum sie noch ein ›richtig‹ daran hängt. Dann wäre Richard einfach ihr erster Mann gewesen.«

»Vielleicht hat sie es nur so gesagt, ohne Hintergedanken.«

»Sie ist Anwältin, da muss man auf jedes Wort aufpassen.«

»Sie war so glücklich mit ihm«, sage ich. »Das hat jeder sehen können. Obwohl alles um sie herum so chaotisch war, war eine ruhige glückliche Liebe in ihr, das konnte ich ihr ansehen, das konnte ihr jeder ansehen. Wie sie sich bewegt hat, wie sie mit beiden Händen die Haare nach hinten gestrichen hat – als würde sie es zum ersten Mal so tun, dass es auch einen Sinn hat. Wenn man glücklich ist, hat alles einen Sinn. Sogar das Haarezurückstreichen. Du kannst darüber nicht anders denken, auch wenn du sie kaum gekannt hast.«

»Ich denke auch, dass sie glücklich war«, sagt Michael. »Aber was meinst du damit?«

»Er war ihr erster richtiger Mann. Mit ›richtig‹ meinte sie, denke ich, dass sie vorher nie mit einem Mann geschlafen hatte, mit dem sie glücklich war, *richtig* glücklich. Also denke ich mir, ihr Glück hatte mit Sex zu tun. Das ist doch nicht weit hergeholt.«

»Da hast du recht.«

»Und deshalb wäre es gut, eine Sexszene zu schreiben. Eigentlich dringend sogar.«

»Aber es soll kein Buch über Tanja werden.«

»Ist es möglich, dass sie beim Sex glücklich war und er nicht? Wenn ich über ihr Glück schreibe, schreibe ich auch über seines. Oder sein Unglück. Oder dass es ihm nur wenig bedeutet hat. Oder gar nichts. Also geht es auch um ihn. *Er* hat sie geheiratet. Sie war *seine* Frau. *Er* ihr Mann. Immer er. Immer Richard.«

»Dann schreib!«, sagt Michael. »Schreib eine Sexszene!«

»Vielleicht war auch sie, so gesehen, die erste *richtige* Frau für ihn.«

»So gesehen, ja, vielleicht.«

»Ich schreibe und lösche es gleich wieder. Ich stelle mir alles ganz genau vor. Bis ich mich auskenne. Und dann lösche ich es. Das ist am besten, was meinst du?

»Das ist eine Möglichkeit.«

»Nur damit ich weiß, wie es war.«

»Das wäre eine Möglichkeit.«

»Was liest du gerade?«, frage ich.

»Ich habe«, sagt er und spricht nun langsam, als kämpfte er gegen Atembeschwerden, »*Pnin* von Nabokov gelesen ... es ist so ... ausführlich ... Jetzt habe ich *Stolz und* ...« – er gähnt aus dem Wort heraus, sein Gesicht verzieht sich, ich erinnere mich an Lorenz, unseren Sohn, als er klein war oder gar nicht mehr so klein, sechs, sieben Jahre, und er mit solchem Genuss gähnte, worum wir die Säuglinge beneiden, weil alle Lebensbegeisterung in einer kleinen halben Minute Platz hat, in der sich ihr Körper krümmt, die Ärmchen sich nach hinten biegen, das Gesichtchen sich verzieht, das konnte Lorenz noch mit sieben, acht Jahren, und sein Vater, ich sehe es vor mir, jetzt, kann es noch mit siebzig – »... *Vorurteil* angefangen ... Auch altmodisch ... aber nicht so ausführlich ... und längst nicht so grandios wie *Billy Budd* von Melville, den ich vor dem *Pnin* gelesen habe ... Hast du den je gelesen? Den musst du unbedingt lesen!«

»Wenn ich fertig bin«, sage ich, »kümmere ich mich wieder mehr um uns.«

»Kein Problem«, sagt er.

»Dann mach ich jetzt weiter.«

»Ja.«

5

Tanja war Wirtschaftsanwältin. Frau Dr. Tanja – Nachname folgt. Ich wollte das nicht glauben. Ich wollte es ihr nicht zutrauen. Was ist eine Wirtschaftsanwältin, was unterscheidet sie von einer normalen Anwältin, was tut sie, was verdient sie? Zweitens stellte ich mir so eine anders vor. Nicht nur anders, ganz anders.

»Wie denn?«, fragte Richard.

Ich wusste darauf keine Antwort. Mein Ressentiment wäre die ehrliche Antwort gewesen. Zum Beispiel nicht so ein schmollendes Kätzchenprofil im Gegenlicht. Mein Ressentiment sagte, so wie Tanja aussieht, ist sie vielleicht die Sekretärin in einer Anwaltskanzlei, aber nur vielleicht. Für eine schnelle Handbewegung zur Stirn hinauf schämte ich mich, aber Eifersucht ist stärker als ein schlechtes Gewissen.

Auch dass sie dreieinhalb Jahre älter war als Richard, wollte ich nicht glauben. Altersmäßig stand sie also zwischen mir und meinem Bruder. Näher sogar bei mir. Drei Monate näher, das habe ich mir ausgerechnet. Ich hätte sie drei Jahre jünger als ihn geschätzt.

Sie arbeitete in einer Kanzlei, die sich *Dr. Rauch und Partner* nannte, die Büros in der besten Lage der Römerstraße, zwei Etagen. Beim Eingang zur Straße hin war ein großes Schild aus Messing, darin waren Dr. Rauch und die vier Partner eingraviert, darunter Namen und Unterschriften, nur die Oberkörper, nach einem Foto gestaltet, die Arme verschränkt, herausfordernde Blicke. Tanja war die einzige Frau. Auf der Gravur trug sie eine Brille.

Richard als Informant genügte mir nicht. Er war Partei.

Ich recherchierte und erfuhr, Tanja sei inzwischen die rechte Hand von Dr. Rauch, sie verachte die Kollegen wegen deren Skrupel, lasse sie die Verachtung aber nicht spüren, ahnen schon. Ihr Gedächtnis sei außerordentlich. Man könne sie für eine milde Person halten, aber nur einerseits, nur einerseits.

Ich gebe gern zu, dass ich immer und bei allen Freundinnen meines Bruders eifersüchtig war. Ein Vorwurf ist leicht gemacht. Wen hatte er denn, der auf ihn aufpasste? Unsere Schwester Gretel meinte, er sei alt genug, er brauche keine Gouvernante. Aber auch das ist leicht gesagt und bloß eine Floskel. Gretel hielt sich unseren Bruder auf Abstand. Er sei ein Glückskind, das sich sein Unglück selbst schaffe. Auch das ist eine Floskel. Fast ein Sprichwort. Sprichwörter dienen der Beruhigung des Gewissens. Unsere Schwester Renate, sie ist zwei Jahre jünger als Richard, war gewiss alt genug, um für sich selbst zu sorgen. Damals packte sie ihre Koffer, auf nach Berlin! Sie würde nicht untergehen. Nüchtern war sie, ich meine damit, sie konnte, wenn es darauf ankam, das Unglück sortieren. Wie die Tauben im Märchen die Linsen sortieren. Sie war ein schlanker, schöner Olivenbaum. Kein Sturm, keine Sturzflut, Steinschlag nicht und auch nicht Hitze würden sie umhauen. Sie würde sich immer wieder aufrichten und schlank und schön sein wie je. Gretel war unsere Vorsichtige, war sie immer gewesen. Waghalsigkeit nannte sie Dummheit. Tragödie nannte sie Schicksal. Das eine kannst du lassen, das andere packt dich oder packt dich nicht, du bist keinesfalls schuld, also denk nicht weiter darüber nach. Ein Jahr lang, nicht länger, war sie hippiegefährdet gewesen, in der Mitte ihrer Zwanziger, sie war nach Marokko gepilgert, hatte einem

Guru gelauscht und war vorübergehend beseelt gewesen. Eine Glaspfeife hatte sie mitgebracht und ein Dutzend Batikseidenschals. Außer ein bisschen Patschulidampf war von dieser Zeit nichts geblieben. Gretel war gegenwartsgesund, um ihre Zukunft machte ich mir keine Sorgen.

Richard aber war der Liebling unseres Vaters, und das bedeutete, er wäre auch der Liebling unserer Mutter gewesen. Sie lebte nicht mehr, und unser Vater war zwischen seinen Büchern versunken, nicht einmal der Staub störte ihn, er nieste ihn weg. Er saß in seinem Lehnstuhl, die Strickjacke zugeknöpft bis auf den untersten Knopf, und blätterte um. Familie, das waren nur mehr Bilder in seinem Kopf. Um seinen Liebling Sorge tragen konnte er nicht. Er war zu müde, um es zu wollen. Es genügte ihm, dass Richard sein Liebling war, darüber hinaus durfte der Sohn nichts erwarten.

Was kann einem Menschen zustoßen? Weil ich gesagt habe, Renate könne das Unglück sortieren – ich will es versuchen: Zwei Unglücke kamen über unseren Vater, der Krieg und der Tod seiner Frau. Beide hat er nicht selber gemacht. Bei beiden kam das Unglück des schlechten Gewissens nicht dazu. Alle seine Unglücke hat sich mein Bruder Richard selber gemacht. Bis auf die Englische Krankheit. Sein Gehwerk funktionierte nicht so geschmiert wie bei den meisten anderen. Daraus aber hatte er sich eine Art Glück gezaubert, nämlich seinen speziellen Gang. Der hob ihn hervor unter den meisten anderen. So geht ein Lässiger, so geht ein Souveräner, so geht einer, der mit sich allein sein kann, ohne zu jammern. Er war das Vorbild, John Wayne der Nachahmer. Die Kinofigur ist der Wirklichkeit nachgebildet, so ist es, so soll es sein. Was wäre aus Richard geworden, wenn dieses Unglücksglück ihn nicht gestreift hätte? Hatte er als Baby zu wenig Sonne abgekriegt? Woher der Mangel an Vitamin D? Haben wir ihn zu oft im Arm gehalten und sein Gesichtchen an uns gedrückt, so dass die Sonne mit ihren Strahlen nicht durchkam? Das ist das Unglück der Lieblinge, dass man sie nicht einmal mit der frischen Luft allein lassen möchte.

So vieles in Richards Leben war selbstgemachtes Unglück. Wenn ich sage, ich war die Einzige, die das bemerkt hat, die sich das zu Herzen genommen hat, dann bitte ich, mir meine Eifersucht nicht anzukreiden. Die Hälfte der Eifersucht war Sorge. Sorge tragen muss, wer sich sorgt, und die war ich. Wer sich von vornherein nicht sorgt, der wird auch niemals zur Verantwortung gezogen. Wenn mit Richard etwas geschähe, alle würden den Kopf zu mir drehen und mich ansehen. Schon als er uns von der Wickelkommode gefallen war, hatte mich Gretel angesehen.

6

Tanja sei »familiär entsprechend vorbelastet«, sagte Richard, die Mutter war Rechtsanwältin, der Vater Notar, ihr zehn Jahre älterer Bruder ebenfalls Rechtsanwalt. Privat, bestätigte er, was ich bereits herausbekommen hatte, lerne man sie als eine völlig andere kennen, als »Geschäftsperson« sei sie »knallhart«. Dabei schob er den Unterkiefer vor, als spräche er von einem Holzfäller und dessen Fäusten.

»Was heißt ›knallhart‹?«, fragte ich.

»Als Geschäftsperson«, antwortete er, und nun grinste er wie ein Gangster, »schaut sie durch dich hindurch, als wären deine Augen Löcher, so groß, dass man eine Orange durchschieben könnte.«

»Das stammt nicht von dir«, sagte ich.

»Das sagt ein Kollege von ihr.«

»Du kennst Kollegen von ihr?«

»Ja. Wieso?«

»Dann sag mir, wie dieser Kollege heißt!«

»Das weiß ich doch nicht.«

»Das hast du dir ausgedacht, den Kollegen hast du dir ausgedacht, und was er gesagt hat, auch! Du lügst mich an!«

Zu der Zeit, von der ich berichte, arbeitete Tanja an einem Fall, da ging es um einen Markennamen, Genaues weiß ich nicht, hat mich auch nie wirklich interessiert. Zwei Firmen nennen zwei verschiedene Produkte gleich. Die eine Firma verklagt die andere. Wer hat recht, wer darf, wer darf nicht. Ich habe das nur indirekt erfahren, über Richard. Vor mir wollte sich Tanja dazu nicht äußern, sie dürfe nicht. Schüchternen Blicks, entschuldigend. Ob sie sich fürs Büro anders schminkte? Ägyptisch vielleicht. Oder überhaupt nicht, um den Gegner zu wiegen? Auf ihrem Gebiet, so Richard, gebe es »mächtig Rubel zu ernten«. Ihr Ziel übrigens sei, irgendwann eine »Schlichtungskanzlei« zu eröffnen. Dort sei dann Viel-Geld erst der Vorname. Und man müsse nichts tun als nett sein, zur einen Seite nett und zur anderen Seite nett, und hart sein, zur einen Seite hart und hart sein zur anderen Seite. Beides könne Tanja. Im Prinzip eine ruhige Kugel. Ihn jedenfalls beruhige es, dass er eine Frau in Aussicht habe, die etwas von Geld verstehe.

Eines Tages, da war der linde Mai schon in seiner Mitte, hupte es am sonnigen Abend draußen auf dem Platz vor Richards Wohnung, er schaute zum Fenster hinaus, Putzi, schon im Pyjama, hatte er auf dem Arm, unten stand ein butterblumengelber Sportwagen mit offenem schwarzen Verdeck, am Steuer saß Tanja und winkte zu ihnen herauf. Es sei ein Geschenk. »Ein Geschenk für uns.« Richard fiel nichts anderes ein, als zu fragen: »Zu welchem Anlass denn?« Im ersten Moment habe er gar geglaubt, er könnte seinen eigenen Geburtstag vergessen haben, aber so weit sei es noch nicht mit ihm, sein Geburtstag war, wie meiner, im Oktober.

»Einfach so«, sagte sie.

»Einfach so«, sagte er.

»Einfach so«, sagte Richard zu mir, »hat sie einen Sportwagen gekauft. Keinen gebrauchten, einen neuen. Weil es sich endlich rentiert.«

»Und was meint sie damit?«, fragte ich.

»Weil sie endlich einen Freund hat. Endlich einen richtigen Freund.«

»Und der bist du?«

»Und der bin ich.«

»Und weiter?«, fragte ich.

Sie hätten einen Ausflug gemacht. Putzi im Pyjama und in den Hausschuhen mit den Schnallen oben, die sie überallhin mitnahm, in die Druckerei und wenn sie mich besuchte. Einen Ausflug in die Berge. Durch den Bregenzerwald bis hinein ans Ende, dann weiter nach Lech hinauf, dort ein Nachtmahl im Hotel Krone. Mit Putzi und Schamasch. So vorsorglich sei Tanja, dass sie beim Kauf des Wagens gleich einen Kindersitz dazugenommen habe, und so geschäftstüchtig sei sie, dass sie den als Gratiszugabe herausgehandelt habe. Putzi mochte nicht mit offenem Verdeck fahren, und das Kopftuch mochte sie auch nicht. Der Wind blies ihr ins Gesicht, und wenn sie etwas sagte, konnte Richard sie nicht verstehen. Auch Schamasch fühlte sich nicht wohl. Also hielt Tanja an, drückte auf einen Knopf am Armaturenbrett, und das Verdeck schloss sich über ihren Köpfen. Und sie war nicht unwirsch. »Alles, wie ihr es wollt. Alles, was meine Schätze wünschen.« Richard bat sie, fahren zu dürfen. Er habe inzwischen den Führerschein gemacht. Sie glaubte ihm nicht, ließ ihn aber trotzdem. Er raste auf der Landstraße mit zwanzig km/h mehr als erlaubt, sie wurden geblitzt, und Tanja bekam eine Woche später ein Strafmandat zugeschickt. Ob die Schätze Lust hätten, in Lech zu übernachten? Fünfsternehotel. Hatten die Schätze nicht.

Am Telefon fragte mich Richard, ob ich mir ihn als Hausmann vorstellen könne. Sofort wusste ich, was er meinte, und sagte: »Nein, das kann ich nicht.« Aber dachte: Hausmann wäre ideal für ihn. Und seufzte erleichtert. Und seufzte bekümmert.

7

Im Juli heirateten Richard und Tanja. Am 21. Juli 1978, einem Freitag. Eine Woche nachdem sich mein Mann und ich hatten scheiden lassen. Richard kündigte. Sein Chef war sprachlos. Warum? Ob er irgendwie böse auf ihn sei. Ob es wegen der Lohnerhöhung sei. Weil sie geringer ausgefallen sei? Richard, Sonnenbrille quer über der Nase, sagte, sie sei ja gar nicht ausgefallen. Man könne reden, sagte der Chef. »Richard!«, mahnten ihn die Kollegen. Bei der Kündigung trug er einen neuen weißen Anzug. Ein Geschenk von Tanja. Und weiße Tennisschuhe und ein weißes Hemd und einen weißen Hut über seinen langen braunen Zapfenlocken und rauchte Zigarette mit Spitze. Tanja hatte Flugkarten nach Athen besorgt. Überraschung! Inselhüpfen. Die Tickets verfielen. Weil Richard ohne Putzi nicht reisen wollte. Und mit ging nicht. Ihm war nämlich eingefallen, dass Putzi gar nicht seine Tochter war. Dass sie weder in seinem Pass eingetragen war noch einen eigenen Pass hatte. Und dass alles auffliegen könnte.

Zu Tanja sagte er: »Ich habe Flugangst.« Außerdem werde er seekrank. Und im August sei zu viel Sonne in Griechenland. Und er vertrage so viel Sonne nicht.

Sie war enttäuscht. Aber nur kurz. Und mehr nicht. Keine Vorhaltungen.

Was man sich nicht vorstellen kann, wenn man es selbst nicht erlebt hat: Es war nun fast ein Jahr oder gar länger her, dass Kitti aufgetaucht war, um Putzi bei Richard »unterzustellen«. Tatsächlich hatte sie dieses Wort gebraucht. »Für ein paar Tage, eine Woche höchstens.« Und was sich einer noch weniger vorstellen kann, wenn er nicht zu den handelnden Personen gehört: dass wir, Richard und ich, mein erster Mann und auch Michael, Oliver und Undine, irgendwann nicht mehr darüber redeten.

Richard war am schnellsten mit Vergessen. Einen Monat nachdem Kitti abgedampft war, sagte ich noch zu ihm: »Richard, du musst etwas tun! Du musst dich an die Fürsorge wenden!« Dort seien Leute, redete ich auf ihn ein, die hätten schon viel erlebt, ganz andere Sachen, denen könne er frei alles erklären. Er fragte, ob er bei denen auch einen Antrag auf Adoption von Putzi stellen könne, das wolle er nämlich, jawohl, Putzi adoptieren. Wie kann ein Mensch so naiv sein! Er war ein Wilder, ein Wilder ohne menschliches Gesetz war er. Ein Indianer, der zusammen mit seinem Wolf im Zelt wohnt und sich von Schlangen und Heuschrecken ernährt und in der Nacht um sein Feuer tanzt und die Sterne anjodelt. Er liebt das Kind, das Kind liebt ihn, die Mutter liebt es nicht, sonst würde sie sich kümmern, also bekommt er das Kind. Gesetz der Natur. Aus. So dachte er – ein Mann, der wegen Marihuanabesitzes vorbestraft war. Der nicht einmal wusste, wie das Kind mit seinem richtigen Namen hieß. Der Aufpasser eines Kindes, das selbst nicht wusste, wie es hieß.

Er war der beste Vater aber.

Putzi lebte mit ihm zusammen. Sie lebte nicht *bei ihm*, sie lebte *mit ihm zusammen*. Die beiden waren ein Team. Alle Arbeit teilten sie sich. Er kochte, sie schöpfte. Er räumte den Tisch ab, sie putzte den Tisch – verwendete dafür ein bestimmtes Tuch und sprühte vorher Fensterputzmittel auf die Platte. Er spülte ab, sie trocknete ab. Er räumte den Geschirrkasten ein, sie die Besteckladе. Er wischte Staub, sie robbte auf einem feuchten Tuch über den Boden. Die Wohnung war sauber, aufgeräumt und roch gut. Er cremte die Schuhe ein, sie polierte sie mit einem Fetzen. Nach dem Aufstehen Morgengymnastik, Kerze, Brücke. Es durfte gelacht werden. Am Abend vor dem Insbettgehen Zähneputzen und die Kleider schön zusammenlegen. Es durfte gelacht werden. Er überzog die Zudecken, sie die Kopfkissen. Dabei gingen sie gleich vor: Erst stülpten sie den Überzug um, dann fuhren sie mit den Händen in die Ecken, griffen sich die zwei Zipfel an einem Ende der Decke oder des Kissens und streiften den Überzug darüber. Manchmal habe ich sie bei ihrer Hausarbeit beobachtet.

Ihre Gesichter waren ernst, die Handbewegungen knapp und präzise, Worte fielen nur die wichtigen.

Putzi konnte inzwischen lesen und schreiben – ein bisschen lesen und ein bisschen schreiben. Bevor sie einkaufen gingen, diktierte Richard den Einkaufszettel: »Karotten.« Putzi schrieb: »KOTEN«. – »Milch.« – »ICHM«. – »Butter.« – »UTTEN«. Im Supermarkt setzte er sie in den Einkaufswagen und legte die Sachen um sie herum. Er kaufte mehr ein, als sie brauchten, viel mehr, weil es Putzi so lustig fand, wenn sie allmählich zwischen Haferflocken, Reis, Marmelade, Klopapier, Äpfeln, Bananen Käse und Wurst verschwand. Ihre braunen Backen glänzten, und ihr Mund öffnete sich weit und zeigte die Schar Perlen. Draußen steckte er eine lustige Salamistange in ihr Rucksäckchen, die anderen Sachen verstaute er im Kinderwagen. Die Leute sahen den Mann und das Mädchen, die sie jeden Tag sahen, wie sie nebeneinander gingen und miteinander ihren Tag besprachen.

Ihr Tag war ernst und gewissenhaft. Meistens nahm er Putzi mit in den Betrieb, wo ihr kleine Aufgaben anvertraut wurden – dass sie ein Ölkännchen dorthin bringen soll, dass sie die leeren Kaffeepappbecher in den Papierkorb werfen soll, dass sie die Büchse mit den Zigarettenstummeln in den kleinen Mülleimer werfen und dem Lehrling sagen soll, er müsse den jetzt gleich in den großen schütteln. Wenn Jausenpause war, saß sie in ihrem Overall auf einer Kiste und kaute ihr Brot und schaute den anderen zu, wie sie ihres kauten.

An manchen Vormittagen war sie bei mir im Geschäft. Da war sie ganz still und spielte mit der Puppe, die ich für sie bereithielt. Mit nach Hause nehmen wollte sie die Puppe nicht. Immer wieder sagte sie leise: »Papa.« Wenn die Ladentür klingelte, sagte sie: »Papa.« Wenn Richard endlich kam, um sie abzuholen, hüpfte sie ihm entgegen und plapperte drauflos und zupfte ihn dabei am Hosenbein.

Gemeinsam entwarfen sie und zeichneten und schrieben an einem Kinderbuch. Sie lieferte die Entwürfe, er führte sie aus. Richard war überzeugt, es werde ein großer Erfolg werden. »Wie *Der kleine Prinz*!« Er legte ein Sparkonto für Putzi an, für die Hälfte der Tantiemen. Über einen Dauerauftrag ließ er jeden Monat zwanzig Schilling auf ihr Konto überweisen, zukünftiges Taschengeld. Er habe für Putzi extra ein Schwarz-Konto eingerichtet, sagte er, damit ihr das Finanzamt, wenn erst einmal der Rubel so richtig rolle, nicht gleich die Hälfte abzwicke. Losungswort: *Schamasch*. Während er mit dem Bankangestellten verhandelte, saß Putzi auf dem Tresen und hielt mit beiden Händchen, die Daumen oben, den Kugelschreiber fest, schaute einmal diesen Mann an, dann jenen, zeigte einmal diesem ihre schimmernden Augäpfel, dann jenem.

Ich sagte: »Richard! Du kannst die größten Schwierigkeiten kriegen! Das ist ja schon fast Kidnapping! Kitti wird behaupten, du hast Putzi entführt. Man wird ihr nicht glauben, aber man wird dir Putzi wegnehmen und sie in ein Heim geben.«

Das solle einer probieren, sagte er. Sein Tonfall machte, dass Schamasch knurrte.

Und irgendwann hatte auch ich mich daran gewöhnt. Ich redete nicht mehr davon. Wenn mir jemand, den ich flüchtig kannte, erzählte, er habe gestern meinen Bruder mit seiner Tochter auf der Straße gesehen, sie mit einer Salami im Rucksäckchen, dann rückte ich die Dinge nicht zurecht. Auch Michael redete nicht mehr davon. Auch Oliver nicht, auch Undine nicht. Sie sagten: »Heute Abend kommen Onkel Richard und Putzi.« Oder: »Laden wir doch wieder einmal Onkel Richard und Putzi ein.« Als wären die beiden tatsächlich Vater und Tochter. Oder wären es inzwischen geworden.

So war das.

Und nun, einen Tag nach der Hochzeit, sagte Tanja zu Richard: »Ich werde mich um eine Adoption von Putzi kümmern.« Sie fragte nicht, ob ihm das recht wäre. Wie auch nicht.

8

Tanja hatte bis zur Heirat bei ihren Eltern gewohnt. Aber sie besaß eine eigene Wohnung. Am Pfänderhang, das war die teuerste Gegend, fast wie an der Riviera. Mit Blick auf den See. Picobello eingerichtet. In einem Appartementhaus. Aufsperren und schon ein Heim. Terrasse mit fünfzig Quadratmetern. Zwei Badezimmer. Eine Luxusküche. Ein Schlafzimmer, zwei Kinderzimmer, ein Wohnzimmer mit einer Halbetage. Buchenholz, Milchglas, Stahl. Nur wenige Male hatte sie dort übernachtet. Nun zog sie ein, und Richard und Putzi sollten das auch tun.

»Tu's nicht«, sagte ich zu ihm.

Aber er tat es.

Zur Einweihung waren wir eingeladen, Oliver, Undine, Michael und ich. Eine Cateringfirma hatte ihre Nummer 1 aufgebaut, Lachs, Schrimps, Kalbsmedaillons, Guacamole, Püree mit Trüffel, Vanillecreme, Zitronencreme, Maracujacreme, Schokomousse schwarz und weiß, portugiesische Puddingtörtchen, Früchte, wie ich sie noch nicht gesehen hatte, Weine, wie ich sie noch nicht geschmeckt hatte. »Alles für meine Liebsten.« Das waren wir auch, Richards Anhang. Tanja war keine Tänzerin, sie tat, was Richard sagte, es gefiel ihr, sich zu drehen und dabei über die Schulter zu schauen. Ein Dutzend Mal legte Richard dieselbe Platte auf. Putzi hopste mit und sang: »In de rain änd snow.« Auf einmal hustete sie und übergab sich auf den Parkettboden. Gleich lief sie, holte ein Handtuch, sie wusste bereits, wo die Handtücher waren, kletterte auf den Stuhl in der Küche, sie wusste bereits, wie der moderne Wasserhahn funktionierte, machte das Handtuch nass und wischte ihre Kotze weg.

Richard fragte, ob sie Tanja möge, und Putzi sagte: »Ja, weil sie mir Katzenzungen mitbringt.«

Und dann sagte sie: »Papa, wann gehen wir wieder heim?«

Richard hat ein Hochzeitsbild gemalt, kurz vor seiner Heirat. Er hat es Michael geschenkt. Weil er den Trauzeugen gegeben hat. Und zur Versöhnung. Trauzeugin war ich. Größe 53 mal 76 Zentimeter, Hochformat, schwarz lackierter Rahmen. Das Bild hängt heute bei uns im Bügelzimmer. Auf der Rückseite steht, mit Bleistift geschrieben: *Glücklich?*

Ein Hochzeitspaar wartet vor dem Haus, stämmig stehen Braut und Bräutigam, als stünden sie schon lange so. Rechts und links von ihnen ein Saum aus Blumen. Die Braut trägt ein weißes Kleid mit Schleier. Tränende Augen starren mich an, mich und dich. Der Bräutigam sieht aus wie Ringo Starr, er hat einen Schnauz, an den Ecken ist er nach unten gedreht. Er trägt einen schwarzen Gehrock mit verziertem Revers, er wirkt, als wäre er von einem Beatles-Cover gesprungen, aus

Sgt. Pepper's Lonely Hearts Club Band. Die Verzierungen auf dem Revers sind mit feinstem Pinsel gemalt, glänzendschwarz auf mattschwarz. Unter der Lupe erkenne ich Buchstaben in Spiegelschrift. Scheinbar ohne Regel verstreut. Ich kann ihren Sinn nicht entziffern. Die Braut hält ihren Blumenstrauß abwärts, es sind nur ein paar Stängel mit Blütenkelchen in magerem Rot. Auf einem, wieder mit feinstem Pinsel gemalt, sitzt eine Fliege, winzig grün schillernd. Hinter dem Paar, über ihm, stehen zwei Erwachsene, sichtbar ab der Hüfte, nicht eindeutig, wer Mann, wer Frau. Zwischen ihnen klemmt ein Kind, den Körper zur Seite gedreht, den Blick aber geradeaus, wie immer, wie alle Menschen auf Richards Bildern, die Augen auf mich gerichtet und auf dich. Neben den dreien wieder eine Blumenbordüre. Der Ausschnitt des Hauses dahinter ist von einem blasslila Grau, zwei Fenster befinden sich neben der Haustür, drei Fenster im ersten Stock über der Dreiergruppe. An einem Fenster ist der Vorhang ein wenig zur Seite gerückt. Unter der Lupe meine ich, ein Gesicht zu erkennen. Kann aber auch sein, dass es lediglich Unebenheiten des Pinselstrichs sind. Der zweite Stock ist in einem hellen Zitronengelb gehalten, darauf, wie angenagelt, geometrisch angeordnete Balken in Schwarzbraun. Man könnte die Balken für Teile von Buchstaben halten. Ein R. Ein B. Ein S. Wieder Spiegelschrift. Oder Einbildung. Die Haustür ist dunkelorange mit einem runden Fenster in der Mitte. In dem Fenster, mittelgrau auf dunkelgrau, sehe ich eine Hand. Das ist keine Einbildung. Zwei Finger abgespreizt. Im Haus ist jemand.

Während wir anderen uns bemühten, die Erinnerungen an Kitti zu löschen, forschte Tanja nach. Sie fand heraus, wo sich Kitti aufhielt. In Wien sei sie. Manchmal auch in Graz. Mit einem Mann lebe sie, aber verheiratet sei sie nicht. Ein weiteres Kind habe sie. Letzteres wussten wir ja, hatten wir Tanja aber nicht erzählt. Ich tat, als ob ich staunte. Als ob ich staunte über Kittis Verdorbenheit und über Tanjas Detektivkünste. Nicht mit Richard sprach Tanja darüber, sondern mit mir allein. Ich solle ihm die Neuigkeiten weiterleiten, aber nicht sagen, woher ich sie habe. Sie habe Angst, er sei böse auf sie. Weil sie in seinem Leben herumnase.

»Jetzt habt ihr doch ein gemeinsames Leben«, sagte ich. »Richard hat es geschafft.«

»Ich weiß nicht«, sagte sie. Sie war nicht auf der Hut, sie hatte Herzweh und ließ die Tränen über die Lider kippen. Der Grund: Richard hatte seine bisherige Wohnung noch nicht aufgegeben.

»Und wer bezahlt die Miete?«, fragte ich.

»Er.«

»Hat er Bilder verkauft?«

»Von seinem Ersparten.«

Ich wusste nicht, dass Richard Erspartes hatte.

»Er spart auf etwas«, schluchzte sie. »Was ist das, wenn in einer Ehe einer auf etwas spart! Spart man in der Ehe nicht gemeinsam?«

»Fragst du mich?«, fragte ich.

Sie tupfte sich mit einem Tempo die Augenlider trocken und sah mich in einer Weise an, dass ich an die Orangen und die Löcher in meinem Kopf denken musste. »Dann zur Sache«, sagte sie.

Ich sagte: »Was willst du tun wegen Kitti, Tanja?«

Sie antwortete: »Wenn sie sich weigert, Rosi herzugeben, machen wir sie fertig.«

»Wer macht sie fertig?«

»Mein Bruder, meine Mutter und ich.«

»Und wie macht ihr das?«

»Das, Monika, möchtest du lieber nicht wissen.«

9

Ich neige nicht zur Zerkleinerungssucht, aber an den Geburtstagen war ich mir doch nicht sicher, ob normales Insbettgehen um neun genügte, um mich frei vom Unglück fühlen zu dürfen. Der Tag hatte dann ja immer noch drei Stunden Zeit, mir etwas anzutun. Oder der Welt etwas anzutun. Das hätte ja auch sein können. Ein Bergsturz, ein Blitzeinschlag ins Elektrizitätswerk, ein Zug entgleist, Wasser stürzt nieder, ein Krieg bricht aus, ein Feuer bricht aus, eine tödliche Krankheit bricht aus, ein Arbeitgeberpräsident wird erschossen. Und ich wäre schuld. Wie ich schuld gewesen war, als Gretel plötzlich aufgeschrien, sich an den Kopf gegriffen und sich vor Schmerz gewunden hatte, eine Viertelstunde lang, und niemand gewusst hatte, was es war. Bei Tante Kathe in der Südtirolersiedlung war mein Geburtstag vergessen worden, zweimal hintereinander sogar. Beim ersten Mal ist es niemandem aufgefallen, und ich bangte, bis ich am Abend eingeschlafen war. Am nächsten Tag bangte ich immer noch, sogar noch heftiger. Dass Tante Kathe oder Gretel sich erinnerten und ein schlechtes Gewissen hätten, das hätte mein schlechtes Gewissen verdoppelt.

Am dritten Tag war ich erleichtert. Als wäre ein Freispruch ergangen. Ein Jahr später vergaßen sie den Geburtstag wieder. Am Nachmittag aber klingelte es an der Tür, da stand eine Gehilfin aus der Gemischtwarenhandlung eine Straße weiter, die fragte, ob hier eine Monika Helfer wohne, die werde bei ihnen am Telefon verlangt. Es war Richard, der sechsjährige Richard. Tante Irma hatte die Nummer der Gemischtwarenhandlung im Telefonbuch gesucht und gefunden, sie hatte mich nicht vergessen. Richard sang: »Alles Gute zum Geburtstag, alles Gute für du!« Ich sagte kein Wort und legte auf. Zu Hause fragte Tante Kathe, was denn gewesen sei. Ich antwortete: »Ein Irrtum.« Michael sagt, an meinem Geburtstag geschehe auch Gutes, zum Beispiel sei an meinem 21. Bob Beamon bei den Olympischen Spielen in Mexiko 8,90 m weit gesprungen. Aber an meinem 22. Geburtstag wurde Richard von der Schule verwiesen, weil er ganze zwei Wochen geschwänzt und das Entschuldigungsschreiben unseres Vaters gefälscht hatte. Der Klassenvorstand verglich die Unterschrift mit den anderen Unterschriften, den echten, da war alles klar. Ich konnte gut Unterschriften fälschen, Richard hatte mich gebeten, es zu tun, ich hatte es nicht getan, da fälschte er selber und war dran.

An meinem 31. Geburtstag besuchten uns wieder Richard, Tanja und Putzi. Wir wohnten damals noch in Bregenz, unser zukünftiges Haus zwanzig Kilometer südlich, Michaels Elternhaus, war im Umbau. Ein guter Freund war noch eingeladen, Hubert, ich werde von ihm erzählen.

Als wir alle vereint waren – Michael legte mir die Hand auf die Schulter, Oliver suchte für Putzi den Schnuller, Undine drückte den Kopf in meinen Schoß, Schamasch lag um Putzis

Füße, Richard befand sich nahe an Tanjas Mund, Hubert trommelte mit den Fingern auf den Tisch –, da hörten wir erst das Geheul eines Motorrads, dann einen Knall. Ich weiß nicht, wie lange. Ich weiß nicht, wie lange es still war. Dann hörten wir eine Mädchenstimme: »Mama! Mama, Hilfe, Mama!« Dann war es wieder still. Dann hörten wir einen Nachbarn rufen. Was los sei. Hubert lief zum Telefon. Bald darauf hörten wir die Sirene der Rettung.

V

Viel Gutes, wenig Schlechtes

I

Am Silvesternachmittag wanderte Richard mit Putzi und Schamasch durch den Wald – es war der Winter mit dem vielen Schnee, einmal sogar rotem Schnee, weil gemischt mit Saharastaub. Wo es sonst leise war, hörte man Feuerwerke, und Putzi fragte:

»Papa, was ist das?«

»Das machen die und vertreiben die bösen Geister«, antwortete Richard.

»Was sind die bösen Geister?«

»Die mit der Hose voll.«

»Was ist Hose voll?«

»Das ist eine umgedrehte Bierflasche.«

»Da rinnt aber Bier heraus.«

»Wenn Bier drinnen ist.«

»Ist Bier drinnen?«

»Ja.«

»Und dann macht das so einen Lärm? Das glaube ich nicht.«

»Ich auch nicht. Das glauben wir beide nicht, nein, Putzi, du und ich glauben das nicht.«

»Und was ist das wirklich, Papa?«

»Das machen die bösen Geister selber und wollen die Menschen vertreiben.«

»Uns aber nicht.«

»Nein, uns nicht.«

»Warum nicht?«

»Weil uns die bösen Geister mögen.«

»Warum?«

»Weil wir einen Hund haben, vor dem sie sich fürchten.«

»Beißt Schamasch die blöden Geister?«

»Nicht die blöden Geister, sondern die bösen Geister.«

»Und die blöden Geister, was ist mit denen?«

»Die machen keinen Lärm.«

»Warum nicht?«

»Weil die keine Raketen haben und keine Böller.«

»Warum haben die keine Raketen und keine Böller?«

»Die verkaufen die Raketen und die Böller, und dann haben sie keine mehr.«

»Ich weiß nicht genau, was Raketen sind, und Böller weiß ich auch nicht genau.«

»Ich auch nicht.«

»Warum du auch nicht, Papa?«

Wo der Wald dicht war, konnten sie gut gehen in ihren hohen Schuhen, und erst gingen sie ja noch auf einem Weg, der war gebahnt. Die Hosenenden hatte Richard mit einem Spagat um die Schuhe gebunden, um seine und um die von Putzi. Putzi war eine geübte Spaziergängerin, wann immer Richard Zeit hatte, waren die beiden unterwegs, am liebsten im Wald. Am liebsten ab von den Wegen. An den lichten Stellen lag viel Schnee, der reichte Putzi bis an die Hälfte ihres Anoraks. Schamasch vollführte Sprünge, manchmal verschwand er und strampelte sich unter dem Schnee einen Tunnel, und Putzi rief nach ihm. Dann tauchte er auf, über und über weiß, sogar im Maul hatte er Schnee. Eine Weile fanden sie das lustig, dann war es ihnen zu mühsam, und sie wechselten dorthin, wo die Fichten eng standen, manche Äste waren so niedrig, dass sie sich bücken mussten. Putzi streifte einen Ast, und eine kleine Halde Schnee fiel auf sie nieder, auf ihrer Mütze stand ein weißer, hoher Zipfel. Schamasch bellte, und es klang wie Lachen, und Putzi lachte auch und warf Schnee nach ihm.

Noch war es hell, inzwischen waren sie so tief im Wald, dass sie die Böller weit unten in der Stadt nur mehr wie ein Brechen und Hauchen hörten. Richard hatte in seinem Rucksack eine Thermosflasche mit heißem Himbeersaft und in Alufolie verpackte Pizzaschnitten, eine Flasche Wasser für Schamasch und ebenfalls in Alufolie gewickelte Fleischreste vom Metzger, Putzi in ihrem Rucksack zwei Plastikteller und zwei Plastikbecher und eine Plastikschale für Schamasch und Tempo-Taschentücher für Mundabputzen und eventuell Popoabputzen und ein Paket mit Spielkarten. Mitten im dichten Wald setzten sie sich nebeneinander, Schamasch in der Mitte, auf einem Wachstischtuch saßen sie, das Richard über seinen Rucksack gebunden hatte. Sie zogen die Fäustlinge aus und aßen und tranken. Richard rauchte einen kleinen Joint, den hatte er zu Hause vorsorglich gedreht. Putzi holte die Spielkarten aus ihrem Rucksack, gab sich und ihm je neun Karten.

»Ein Jass geht sich aus«, sagte sie.

Stumm spielten sie. Dann ging's weiter.

Noch hatte Putzi erst drei- oder viermal in der Superwohnung von Tanja geschlafen, und dann nicht in ihrem eigenen Zimmer, sondern bei Richard und Tanja im Ehebett, aber nicht im Gräbchen, sondern ganz außen neben Richard. In der Nacht hatte sie seine Hand nicht losgelassen. Schamasch winselte vor der Tür. Ein Tier komme ihr nicht ins Schlafzimmer, sagte Tanja. Und: Ins neue Jahr hinüber sollte Richard bei seiner Frau in ihrer gemeinsamen Wohnung schlafen und nicht in seiner alten Wohnung. Genau so hatte es Tanja ausgesprochen: »Du solltest ins neue Jahr hinüber bei deiner Frau in unserem gemeinsamen Bett schlafen.« Sie sagte nicht »bei mir«. So klang es wie ein gerechtes Urteil: Nicht nur ich will das, die ganze Welt wünscht es sich. Und was gab es dagegen einzuwenden? Das Schlafzimmer hatte ein großes Fenster zum See hin, die ganze Breite des Raumes füllte es aus, jeden Tag bot der Ausblick Neues, Schiffe, Möwen, Wellen, Wolken, Kondensstreifen, Sonnenuntergänge, nachts den Mond, die Sterne, Satelliten, Sternschnuppen, blinkende Flugzeuge. Die Tapeten waren samtig hellgrün, angenehm fürs Auge, das Bett aus Peddigrohr, gediegener Kolonialstil, der Fußboden dunkles Parkett. Richard hatte einen Kompromiss ausgehandelt. Gut, er würde über Silvester bleiben, inklusive gemeinsames Anstoßen um Mitternacht. Dafür würde er mit Rosi – nur wenn Putzi nicht zuhörte, nannte er sie so – einen langen Silvesterspaziergang machen, sie beide allein mit Schamasch. Tanja wäre gern die vierte gewesen. Richard musste versprechen, dass er in diesem Jahr nicht mehr seine alte Wohnung betreten würde.

»Was heißt alte Wohnung?«, hatte er gefragt.

2

Sie hätten Schamasch zu Hause lassen sollen. Hätten sie doch nur! Aber sie hätten Schamasch nicht zu Hause lassen können. Denn wo war Schamaschs Zuhause? An der Seite von Richard und Putzi und sonst nirgends. Erst war er Richard nachgelaufen, war stehen geblieben, wenn der Mann stehen blieb, war weitergetappt, wenn der Mann weiterging. Irgendwann hatte Richard innegehalten und sich nicht mehr nur verstohlen nach dem Tier umgedreht, sondern hatte sich ihm präsentiert und gesagt: »Komm her oder hau ab!« Da war der Hund gekommen und hatte sich neben ihn gestellt, dicht neben sein rechtes Bein. So war es ihm beigebracht worden in einer Zeit, an die er sich nicht erinnerte, von einem Mann, an den er sich nicht erinnerte. Struppig war er und gar nicht edel. Als sich sein neuer Herr zu ihm niederbeugte, leckte er mit der Zunge über seine Wange, und es gefiel ihm, dass er ihm den Namen eines babylonischen Sonnengottes gab.

Silvester – das ist mir noch im Ohr, das hat unser Onkel Lorenz gesagt, als wär's ein Sprichwort, so hat er es vorgetragen: »Silvester ist Glückstag für den Wilderer.« Er wusste, wovon er sprach. Begründung: Kein normaler Bürger geht an diesem Tag in den Wald, überall knallt es, da fällt ein Schuss nicht auf, die Rehe sind hungrig und unvorsichtig, und für die himmlisch guten Vorsätze ist das Neujahr zuständig, und die Vorsätze ziehen eh nur, wenn man genug zu fressen hat. Richard erzählte mir später, er habe die Fußspuren im Schnee gesehen, er habe sich nicht gewundert, grad nur gefragt habe er sich, wer da sei wie er, ein Wanderer abseits des Weges, gleich wieder weg war der Gedanke. Als sie noch nahe der Stadt waren, hatte

Schamasch mit seiner Angst zu kämpfen, die Knallerei setzte ihm zu, er lief zurück, wieder vor, wieder zurück, hechelte und zitterte und bellte in der kratzig-heiseren Art, die verriet, dass er sich fürchtete und unberechenbar werden konnte gegenüber einem Fremden, und immer schaute er hinauf zu Putzi und zu Richard. Ob die auch Angst hatten. Bei großen Böllern blieb er stehen, machte sich eng, ringelte sich vor Putzis Füße und beruhigte sich erst, wenn sie neben ihm niederkniete und ihn mit beiden Armen an sich drückte, dann winselte er dankbar und schleckte sie ab. Gleich sprang er in die Höhe, wenn ein Geknatter losging wie Maschinengewehrfeuer, davor fürchtete sich auch Putzi, und Kind und Hund suchten Richards Beine und stolperten über seine Füße. Putzi rief: »Papa, mach, dass es aufhört!« Er gebe gern zu, er habe sich auch gefürchtet, sagte Richard. Es habe sich angehört, wie er sich vorstelle, dass sich Krieg anhöre. Warum wollen die Bürger an diesem Tag im Jahr Krieg spielen? Oben im Wald beruhigten sie sich, das ferne Getöse war nun nur noch lächerlich. Der Wald war ihnen nicht fremd und feindlich.

Putzi hatte die Hundebürste mitgenommen, zu allen ihren Ausflügen nahm sie die mit. Richard hatte ihr im Sommer mit der Pinzette eine Zecke aus der Innenseite ihres Armes gezogen, und in Schamaschs Haut hatten sich gleich drei gebohrt. Man müsse ihn nach jedem Spaziergang im Wald oder über das Feld kräftig bürsten, hatte er gesagt, und besorgte noch am selben Tag in der Tierhandlung vis-à-vis der Arbeiterkammerbibliothek ein zünftiges Stück, die Borsten hart wie Draht. Putzi meinte, es wäre besser, man würde nicht warten, bis man wieder zu Hause sei, sondern gleich draußen, noch im Wald oder auf dem Feld, bürsten. Sie nahm die Bürste überallhin mit, auch wenn sie mich besuchten, und sie pflegte sie, da waren keine Haare zwischen den Borsten, kein Dreck. Schamasch liebte die Fellreinigung, er hielt still und gurrte wie eine Taube und lenkte mit Bewegungen des Kopfes oder Rumpfes oder der Beine Putzis Hand dorthin, wo es ihm am angenehmsten war.

Auch an diesem Nachmittag an Silvester oben im Wald vergaß sie nicht, was ihre Pflicht war. Putzi hatte gern eine Pflicht. Obwohl sie nicht genau wusste, was das war.

Nach ihrer Jause schritt Richard voran, Putzi rief ihm nach: »Ich muss ihn noch bürsten!«

»Das ist beim Schnee nicht nötig«, brummte er zurück. »Und im Winter gibt es keine Zecken. Im Winter verrecken die Zecken«, sang er, »verrecken die Zecken, verrecken die Zecken!«

»Ich muss aber«, rief sie ihm nach, zog die Bürste aus ihrem Rucksack, legte wieder einen Arm um Schamasch und rieb den Schnee von seinem Fell.

Richard stapfte voran, er konnte sich auf Putzi und Schamasch verlassen, er hatte Zutrauen, er war nicht der Boss, Freunde waren sie und Partner, außerdem brauchten sie ja nur seiner Spur zu folgen. Er hatte den beiden von Wolfskindern erzählt, die in der Wildnis aufgewachsen waren, von dem litauischen Bärenkind, dem wilden Peter von Hameln und von Kaspar Hauser, er hatte dem Hund und dem Kind das *Dschungelbuch* vorgelesen und *Wolfsblut* von Jack London, er vertraute darauf, dass sich die beiden überall zurechtfänden. Aber das mussten sie ja nicht, er war da, und im Notfall war auch die Zivilisation da. Aber man konnte so tun, als wäre man ein Indianer oder ein Berber oder ein Wolfskind, dann war es am

Abend zu Hause umso gemütlicher. Bald war er zwischen den Bäumen verschwunden.

Nach einer Weile folgten ihm Putzi und Schamasch. Schamasch war schneller, er katapultierte sich durch den Schnee, Putzi mühte sich hinter ihm her. Bald sah sie auch den Hund nicht mehr. Aber sie machte sich keine Sorgen, und es gab auch gar keinen Grund dafür. In eben dem Augenblick, als sie Schamasch aus dem Schnee springen sah, hörte sie den Schuss. Schamasch schien zu fliegen, es sah aus, als bliebe sein ausgestreckter Leib in der Höhe stehen, die Vorderflanken verloren sich in einem Nebel, den sie sich nicht erklären konnte. Dann fiel der Hund und verschwand. Putzi rief seinen Namen, bis sie heiser war, rief sie. Sie kam nur schwer vorwärts, rutschte aus, versank im Schnee, lag auf dem Rücken und sah über sich nur Weiß. Sie weinte und robbte und erreichte den Hund und ließ sich neben ihm fallen. Richard kam gelaufen, die Beine hob er bei jedem Schritt hoch über den Schnee. Auch er fiel.

Aus dem Schnee ragte nur der Kopf des Hundes, sonst war nichts von ihm zu sehen, und der war zerrissen. Das Ohr weg, ein Auge weg. Richard sah einen Mann, keine zwanzig Meter von ihnen entfernt, schwarz gegen das Licht, das von Westen in den Wald fiel, ein großer Mann war das, aufrecht stand er, auf dem Kopf eine Zipfelmütze, das Gewehr immer noch im Anschlag. Eine Sekunde war Stille, dann schrie Richard, brüllte, der Mann senkte das Gewehr, verharrte eine zweite Sekunde und lief davon. Auch Putzi schrie. Von den Felsen über ihnen widerhallten ihre Stimmen.

3

Den ganzen Weg bis nach Hause hat Richard den Hund getragen, in den Armen getragen wie ein krankes Kind, über den Schultern getragen wie eine Beute, dazu den Rucksack. Putzi wimmerte und setzte sich immer wieder auf den Weg.

»Bitte, Papa, mach Schamasch wieder lebendig!«, wimmerte sie.

Und Richard wimmerte. »Dass uns das passieren muss! Dass uns das passieren muss!«

Als sie zu Hause ankamen, war es längst dunkel, und die Knallerei hatte zugenommen. Johlende Autos waren an ihnen vorbeigefahren, als wären sie das Gespött der Stadt. Mit denen hatten sie nichts zu tun, sie waren eine andere Sorte. Putzi wäre lieber ein Tier gewesen, längst schon. Sie fragte, wo Schamasch jetzt sei, aber sie hätte keiner Antwort geglaubt. Und Richard Löwenherz, war er nicht auch ein Tier? Auf dem Heimweg mit der traurigen Bürde hatte er dem Kind erzählt, wie sein Vater ihn genannt hatte, als er klein gewesen war – »Richard Löwenherz« –, und er hatte Witze eingeflochten, die nur schluchzend aus ihm herauskamen, aber Putzi hatte trotzdem gelacht und dann gleich wieder geweint. Er war mit seiner Kraft am Ende. Er ließ Schamaschs Körper auf den Zimmerboden fallen und fiel daneben nieder. Schlief augenblicklich ein. Wachte augenblicklich auf. Noch eine Stunde lang zitterten ihm die Arme von der Anstrengung. Putzi war ganz leise, sie saß im Schneidersitz neben dem toten Hund, hatte ihre Schuhe noch nicht ausgezogen, um sie herum war eine Lache von schmutzigem Schneewasser. Ihre Hände waren blutverschmiert, weil sie Schamaschs Kopf streichelte. Es war verkrustet schon, das Blut, und sah schwarz aus. Dass einen Kilometer Fußweg von ihnen entfernt Tanja in der schönen, warmen, wohlriechenden Wohnung vor dem mit Kerzen geschmückten, mit Köstlichkeiten gedeckten Tisch auf sie wartete, vergaßen sie. Wie ich Richard kannte, hätte er in dieser Stunde sogar nachdenken müssen, welchen Namen seine Frau hatte. Er war abwesend. Und eine Frau war in seinem Leben nie anwesend gewesen. Er konnte Leid nicht ertragen. Und Putzi konnte es auch nicht. Sie waren beide so still, weil sie darüber nachdachten, was Leid überhaupt ist. Weil sie darüber nachdachten, was mit ihnen geschah. Aber sie dachten ja gar nicht nach. Ich denke für sie nach, in ihrem Namen.

Um elf Uhr in der Nacht klingelte es. Sie wussten, wer es war. Es war Tanja. Wer sonst. Tanja wusste, wo die beiden waren – bei sich zu Hause. Wo sonst. Sie klingelte und klingelte und klingelte. Sie rief den Namen ihres Mannes zum Fenster hinauf. Am Ende presste sie den Finger auf den Klingelknopf und ließ ihn dort, eine Minute, zwei Minuten, drei Minuten. Dann ging sie. Sie meinte, es sei aus. Sie glaubte nicht, dass sie ihren Mann je wiedersehen würde. Diesen einmaligen Mann, der in ihrem Leben eine zweite Welt aufgeschlagen hatte. Ich denke für sie in ihrem Namen. Aber auf dem Weg zurück zu den schönen Kerzen und dem schönen Buffet beschloss sie, sich nicht von ihm zu trennen und sich nicht von ihm trennen zu lassen. Sie war verheiratet und wollte es bleiben, auch wenn sie ihren Mann nie wiedersähe.

Sie sah ihn wieder. Und sie blieb seine Frau, bis der Tod sie schied.

Am Neujahrstag hoben Richard und Putzi den toten Schamasch in den Kinderwagen, den Kitti vergessen hatte mitzunehmen und der unten im Stiegenhaus neben der Haustür stand, deckten ihn mit dem Wachstischtuch zu und schoben ihn durch die neujahrsstille Stadt zum See und am See entlang zu den Baggerlöchern, wo Richard die alte Badewanne gefunden hatte. Sie hatten beschlossen, dort Schamasch zu begraben. Putzi hatte ihre alte Sandkastenschaufel geschultert, Richard hatte im Keller ein Brecheisen gefunden, das niemandem gehörte. Sie pickelten und schaufelten ein Loch aus, was viel Arbeit war und dreckige Arbeit und viel Zeit brauchte, kalte Zeit im Winter. Sie legten den Kadaver hinein, Putzi hatte einen Abschiedsbrief geschrieben mit Pinsel und nicht wasserlöslicher Tusche, ohne einen Fehler hatte sie geschrieben, das Kuvert gab sie ihrem Freund mit ins Grab. Richard hatte den Kopf des Hundes bandagiert, damit auch unter der Erde die böse Hässlichkeit nicht gesehen werden konnte. Putzi hatte das Fell gebürstet, gleich aber aufgehört, weil so viele Haare abgingen. Sie deckten ihn mit der schneedurchweichten Erde zu. Und schauten eine Weile den Hügel an.

Zweimal hat Richard Schamasch gemalt. Das erste Bild ist klein, nicht größer als ein Schulheft, Querformat. Schamasch, sehr realistisch, gut zu erkennen als der Hund, den alle Bürger jeden Tag neben seinem Herrn hergehen sahen, er steht in Seitenansicht da, den Kopf hält er im Halbprofil, die Augen aber sind, wie die Augen auf – fast – allen Bildern, die mein Bruder gemalt hat, auf den Betrachter gerichtet. Es sind Menschenaugen mit Wimpern und Brauen. Der Hintergrund ist eine Tapete. Das mochte Richard: wiederkehrende Muster, die hat er sich ausgedacht und vorher mit Bleistift in seinem Musterheft skizziert. Hier sind es Rauten, nach innen verschnörkelt, blau auf gold. Das Bild gehört mir.

Das zweite Bild ist einen Meter breit und siebzig Zentimeter hoch, ebenfalls Querformat. Schamaschs Abbild ist identisch mit dem ersten, als hätte es Richard abgepaust. Aber: Auf seinem Rücken sitzt Putzi. Sie sitzt, als wäre der Hund ein Sofa, ihre Beine sind nicht links und rechts von seinem Körper, sondern parallel und dem Betrachter zugewandt. Sie trägt rote Pluderhosen, man denkt an Samt, und ein smaragdgrünes Türkenjäckchen, solche Sachen hat sie nicht besessen, sonst wüsste ich es. Auf einem Fuß steckt ein goldener Pantoffel mit einer nach oben gebogenen Spitze. Der andere Fuß ist rosarot und nackt, die Zehen sind gespreizt. In ihrer linken Hand hält sie eine Geige, sie hält sie am Hals, den Arm hat sie seitlich abgebogen, so dass der Geigenkörper auf ihrem Kopf zu liegen kommt. Die rechte Hand umfasst den Geigenbogen, sie zeigt mit ihm diagonal über ihren Körper nach links unten. Sie schaut ernst, wie alle Menschen auf Richards Bildern. Aber – Ausnahme! Sie schaut nicht den Betrachter an, sondern hinüber zu Schamasch, und Schamaschs Augen sind auf diesem Bild ebenfalls nicht auf mich gerichtet, die Blicke der beiden treffen sich.

Ich weiß nicht, was aus dem Bild geworden ist. Ich besitze lediglich eine Fotografie. Ich weiß auch nicht, wer der Fotograf war, vielleicht Richard selbst. Nach seinem Tod, aber erst einige Jahre später, habe ich das Foto vergrößern lassen und es in einen Rahmen gegeben. Der Rahmen fiel irgendwann von der Wand, das Glas zerbrach, ich bewahrte das Foto in meinem Schreibtisch auf.

Ich zeige es Michael.

Er sagt: »Das Kind macht ein großes R.«

Nun sehe ich es auch, und ich kann gar nicht verstehen, wie ich es bisher nicht bemerken konnte: Putzis Oberkörper und in der Verlängerung ihre Beine sind der senkrechte Strich des Buchstabens, ihr abgewinkelter linker Arm mit der Geige zum Kopf ist die Rundung, ihr rechter Arm mit dem Geigenbogen, der über ihren Körper nach unten zeigt, ist der Diagonalstrich.

»R heißt Richard«, sagt Michael.

»Meinst du?«

»Was soll es sonst heißen?«

»Ich glaube«, sage ich, »es ist eine Irreführung, eine absichtliche.«

»Glaube ich nicht. Er dachte ganz einfach. Ich kannte ihn besser als du. Hast du selber gesagt.«

»Vielleicht doch nicht.«

»Was soll es sonst heißen?«

»Das weiß ich nicht.«

Das weiß ich wirklich nicht.

4

Putzi wurde krank. Richard wäre auch gern krank geworden, aber sie kam ihm zuvor. Das Kind fieberte und haspelte im Fieber. Ich besuchte die beiden, brachte Aspirin und Paracetamol mit, und wir versuchten es mit Essigstrümpfen. Ich machte mir Sorgen, geriet sogar in Panik, weil sich, ohne dass ich die Gedanken lenken konnte, alle möglichen Folgen vor mir abspulten. Was, wenn Putzi stirbt? Ich bat einen mit mir befreundeten Arzt, dass er sie sich ansehe, ich erzählte ihm, was geschehen war, alles. »Fiebernde Trauer« war sein Befund.

Ich verständigte Tanja, sagte, Richard wolle, dass alles zwischen ihnen gut sei, er wolle nun endgültig mit Putzi zu ihr ziehen, sie möge ihm verzeihen, und wenn nicht, dann solle »sie sich wenigstens des Kindes erbarmen, wenn es schon kein Gott tut«. Diese Worte verwendete ich ihr gegenüber nicht. Es lag kein falsches Pathos darin, das wusste ich, es waren Worte aus seiner Wahrheit. Wie hätte ich das jemandem erklären können, der ihn nicht kannte? Ich tippe die Buchstaben in den Computer und sehe die Worte vor mir und kann sie nicht ernst nehmen, sie schauen mich hämisch an. Und was bitte soll das heißen: »Worte aus seiner Wahrheit«? Herausreden aus der Sprachlosigkeit. Ich hatte meinen Bruder so nie erlebt. Bis dahin nicht. Ich dachte immer, der bleibt gelassen, wenn sie im Radio den Weltuntergang verkünden. Ich versuchte, ihn zu beruhigen, Kinder fiebern leicht, sagte ich fast frohgemut. Ich erzählte ihm von Oliver, als er Mumps gehabt hatte, und von Undine, als sie sich bis auf 42 Grad erhitzt und Essigstrümpfe und Tabletten zusammen nichts genützt hatten.

Tanja holte sie ab, Richard wickelte Putzi in eine Decke und trug sie zum Auto. Er nahm sie mit auf den Vordersitz, in dem Sportwagen war hinten für sie beide zu wenig Platz, er wollte seinen Liebling nicht loslassen, und sie klammerte sich an ihn mit ihren glühenden Händchen.

Tanja richtete das Eheschlafzimmer für sie her, sie meinte, Putzi wolle keine Minute ohne ihren Papa sein, sie könne es nicht. So war es. Sie selbst zog in Putzis Kinderzimmer, das sie »Rosis Kinderzimmer« nannte. In keinem Wort war ein

Vorwurf, in keinem Blick. Sie nahm sich für eine Woche in der Kanzlei frei. Ja hieß für Tanja Ja, Nein hieß Nein. Sie sagte ihren Partnern die Wahrheit und nichts als diese, vom toten Hund, vom kranken Kind, von ihrem unvergleichlichen Mann. Im Privatleben hatte Taktik keinen Sinn. Ich dachte: Da hat ein wunderlicher Mensch einen wunderlichen Menschen gefunden, der eine wunderlich in Schwarz, die andere wunderlich in Weiß. Richard nämlich sagte vorsorglich nie die Wahrheit, zu niemandem, nicht einmal zu seinem Spiegelbild – damit wartete er immer ein Weilchen ab, und manchmal sagte er die Wahrheit nie. Eine Lüge war für ihn wie alles andere, einfach etwas, was man sagt, wie wenn man sich etwas ausmalt, was noch nicht geschehen ist, aber immerhin geschehen könnte. Er hätte vor jedem Lügendetektor bestanden.

Tanjas Plan war, sich sachte einen schmalen Platz im Herzen des Kindes zu erobern. Für einen größeren, gar großen Platz würde sie genügend Zeit haben, viel Zeit. Sie war zuversichtlich. Sie würden eine Familie sein. Wirkliche Liebe würde erkannt werden. Über kurz oder lang.

Sie machte ihre Sache gut.

Ich muss Tanja loben. Auch weil ich bisher so viel Distanz zu ihr habe spüren lassen. Sie hat *Micky-Maus*-Hefte für Putzi besorgt, alte gute von ihrem Bruder, und sie gemeinsam mit ihr gelesen, sie hat ihr ein Honigtöpfchen neben das Bett gestellt mit einem Löffel, sie wusste ja, wie gern Putzi Honig mochte. Sie hat ihr einen feuchten Waschlappen auf die Stirn gelegt und hat gesagt: »Möchtest du Musik hören, Rosi?«

So oft hatte sie schon »Rosi« zu ihr gesagt, immer, seit Richard ihr den Namen genannt hatte, und immer hatte sich Putzi darüber gewundert. Aber sie dachte sich, die gehört nicht zu uns, die kann sagen, was sie will, sie hat ja auch nie »Schamasch« gesagt, immer nur »Hund«. Nun aber war Tanja von morgens bis abends bei ihr. Es war ruhig. Es war warm. Es roch gut. Tanja lächelte, sie sprach leise, und sie sprach nicht viel.

»Warum sagst du immer Rosi zu mir?«, fragte Putzi.

»Weil du Rosi heißt.«

»Ich heiße aber nicht Rosi.«

»Heißt du Rosemarie und möchtest, dass ich dich so nenne, weil du schon groß bist?«

»Ich heiße nicht Rosemarie.«

»Heißt du Roswita?«

»Nein.«

»Rosalinde?«

»Nein.«

»Rosina?«

»Nein.«

»Wie heißt du denn?« Tanja meinte, es sei ein Spiel. Ein Spiel, wie es Richard treiben würde, bis er alle Namen durchhatte, die mit »Ros-« anfingen. Sie wollte keine Spielverderberin sein, und sie wollte auch ein bisschen lustig sein.

»Ich heiße Putzi.«

»Aber so heißt kein Kind«, sagte Tanja. »Kein Mensch heißt so. So sagt man zu einem Kind. Das ist ein Kosename. Ein Spitzname. Aber heißen tut man nicht so. Nicht wirklich.«

Und da war es, dass Putzi auf einmal das Gleiche dachte. »Wie heiße ich wirklich?«, fragte sie.

Und Tanja dachte wieder, es sei ein Spiel. »Heißt du vielleicht Isabell?«, fragte sie. Den Namen hatte sie genommen, weil eine der Sekretärinnen in der Kanzlei so hieß.

»Nein«, sagte Putzi, »so heiße ich nicht.« Und sie meinte damit, so habe sie bisher noch niemand genannt.

»Heißt du vielleicht Gabriele?« So hieß die Sekretärin von Dr. Rauch, die eigentlich schon im Pensionsalter war und die der Chef ehedem von seinem Vater übernommen hatte.

»Nein«, sagte Putzi, »so heiße ich auch nicht.«

»Dann heißt du sicher Adele.« Das war der Name von Tanjas Mutter.

»Nein, Adele heiße ich auch nicht.«

Sie will es mir nicht sagen, dachte Tanja, und ihr war eng in der Brust. Denn warum hatte ihr Richard gesagt, das Kind heiße Rosi? Warum? Auf einmal war ihr, als befände sie sich in einem Albtraum.

»Putzi«, sagte sie, »bitte, ich muss doch wissen, wie du heißt.«

Und Putzi sagte: »Ich weiß es nicht.« Und auch wenn sie das Wort nicht kannte, dachte Putzi nicht anders als Tanja, nämlich, dass sie sich in einem Albtraum befinde.

Ich muss Tanja loben. Sie hat nicht weiter auf Putzi eingeredet. Sie ist auf dem Bett näher an sie herangerückt, sie hat sie nicht gleich umarmt, sie dachte, das müsse sie tun. Sie hat sie angesehen und hat ihre Hand neben das Händchen gelegt, nicht zu nah, aber auch nicht zu weit weg. Sie hat nichts mehr gesagt. Sie hat gewartet. Sie hat gewartet, bis Putzi ihre Hand berührte. Sie rückte noch näher und wartete wieder. Nach einer Weile dachte sie, jetzt geht's, und sie legte ihre andere Hand auf Putzis Stirn und streichelte sie sanft. So blieb sie, bis das Kind eingeschlafen war.

Ich muss sie loben. Als Richard am Abend nach Hause kam, machte sie ihm kein Theater. Nachdem sie sich versichert hatte, dass Putzi schlief, da war schon Mitternacht hinüber, fragte sie: »Richard, wie heißt Putzi wirklich?«

»Rosi«, sagte Richard. »Warum?«

»Sie sagt, sie heißt nicht so.«

»Weil sie den Namen nicht mag.«

»Richard, ich muss es wissen!«

»Was musst du wissen?«

»Die Wahrheit.«

»Ja, die Wahrheit«, sagte er, »die Wahrheit ist, sie heißt Rosemarie, und das will sie nicht hören, das mag sie nicht.«

»Ich habe sie gefragt, ob sie Rosemarie heißt.«

»Und?«

»Sie hat gesagt: Nein.«

»Würdest du gern Rosemarie heißen?«

»Die Wahrheit, Richard. Bitte, die Wahrheit! Ich muss sie wissen!«

5

Ich kann die Antwort geben: Warum Tanja die Wahrheit wissen musste. Nicht einfach wissen wollte. Sondern musste.

Sie wollte Richard von ihren Plänen erst in Kenntnis setzen, wenn Putzi wieder gesund war und er sein Augenmerk auf eine sehr komplizierte, vielleicht sehr böse Sache richten könnte. Sie wollte juristische Schritte einleiten, dass Kitti nicht nur das Sorgerecht für ihre Tochter entzogen, sondern darüber hinaus, dass sie gezwungen – überredet – würde, das

Kind zur Adoption freizugeben. Vielleicht würde das nur über eine Teilentmündigung von Kitti gehen, aber wenn nicht anders, dann. Diese Mutter hatte sich als vollkommen ungeeignet erwiesen, auf ihr Kind aufzupassen und für das Kind zu sorgen – im Unterschied zum Vater, der ein liebevoller Vater, ein sorgfältiger Vater, ein verantwortungsvoller, herzensguter Mann war. Außerdem, wenn sie, Tanja, das Adoptionsrecht bekäme, würde Putzi in einem tadellosen, kultivierten und vermögenden Haushalt aufwachsen. Man musste damit rechnen, dass sich Kitti zur Wehr setzen würde. Dann könnte die Sache hässlich werden. Aber vielleicht war Kitti ja auch froh. Sie hatte sich seit fast einem Jahr nicht um ihre Tochter gekümmert, kein Besuch, kein Telefonat, kein Brief. Sie hatte kein Geld überwiesen, und sie hatte nicht das Jugendamt beauftragt, nach ihrer Tochter zu sehen. Das konnte doch nur heißen, entweder sie vertraute Richard oder es war ihr einfach wurscht. Vielleicht ging es ohne Gericht. Mit Geld. Das klang nicht schön. Aber was nicht schön klingt, kann doch schön sein – oder schön werden. Auch eine große Summe würde Tanja nicht abschrecken. Es ging um einen Menschen und sein Glück. Um zwei Menschen. Um drei Menschen. Und wenn Kitti mit dem Geld auch ein bisschen glücklich wäre, um vier Menschen. Aber es konnte nichts daraus werden, wenn Putzi »Putzi« hieß. Auf keinem Antrag der Welt würde bei »Vorname des zu adoptierenden Kindes« »Putzi« genügen. Es musste abgesichert werden, dass sie Rosi hieß – wenn sie Rosi hieß. Es würden Urkunden vorgelegt werden müssen. Tanja *musste* die Wahrheit wissen.

Kitti lebte in Graz. Ob in einer Beziehung, hatte Tanja nicht herausgefunden. Was wahrscheinlich hieß: in mehreren Beziehungen. Was wiederum günstig wäre. Sie lebte in bescheidenen Verhältnissen, sehr bescheidenen Verhältnissen. Sie hatte keine feste Anstellung. Manchmal arbeitete sie in einem Café. Es konnte aber auch sein, war sogar wahrscheinlich, dass der Job nur zum Schein war, vielleicht für die Versicherung. Also eine Art Betrug. Günstig. Dass sie ein zweites Kind habe, hatte Tanja herausgekriegt, aber nicht, was mit diesem Kind war. Vielleicht war es bei den Großeltern. – Das sah alles sehr gut aus.

Aber es sah nur so aus. Sicher war es ein Fehler, dass Tanja nicht zuerst mit Richard sprach. Aber das machte nichts. Es wäre auch andersherum alles gekommen, wie es kam. Sie wollte vortasten. Sie schrieb einen Brief an Kitti. Ein zweiter Fehler war, dass sie den Brief auf dem Briefpapier von Dr. Rauch und Partner schrieb. Das verstand Kitti wohl als Drohung. Der Brief war persönlich gehalten, sogar fast freundschaftlich. Tanja stellte sich vor, erzählte ihre Geschichte und ihre gemeinsame Geschichte mit Richard und Putzi. Sicherheitshalber schrieb sie »Putzi« und nicht »Rosi«. Sie redete nicht herum. Es wäre ihr ein Herzensanliegen, wenn Kitti einer Adoption zustimmen würde. Sie und Richard seien bereit, auf alle Bedingungen einzugehen. Sie glaubte, das sei Andeutung genug, Kitti würde verstehen, das Wort »Bedingungen« gleichbedeutend mit »Geld« zu lesen.

Die Folgen waren schrecklich.

Wenige Tage nachdem Tanja den Brief abgeschickt hatte, stand Kitti vor Richards Tür – vor der Tür seiner »alten Wohnung«. Kerben neben den Mundwinkeln, Haare bräunlich und brav aufgesteckt, Hosen mit Militärtarnmuster, Lumberjack aus braunem Leder, Handschuhe ohne Finger, ebenfalls aus braunem Leder. Richard war zu Hause, und Putzi war bei ihm. Sie war gesund. Traurig war sie und vermisste Schamasch. Und Richard vermisste ihn auch, den Struppigen. Darum hielten sie seit Neuestem jeden Tag ein Mittagsschläfchen, ob sie vielleicht von ihm träumten.

Kitti war nicht allein gekommen. Drei Männer waren mit ihr. Zwei Schränke und ein normaler. Sie klingelte und pumperte an die Tür.

Als Richard öffnete, sagte sie nur: »Rück sie raus!«

Die zwei Schränke stellten sich rechts und links neben sie, der Normale gab sich als Jurist aus. Er zeigte seine Visitenkarte und seinen Ausweis. Ziemlich flott allerdings.

Kitti rief in die Wohnung hinein: »Ayasha Roya, komm raus! Komm augenblicklich zu deiner Mama! Ayasha Roya!«

»Wenn Sie Schwierigkeiten machen«, sagte der Normale zu Richard, »bekommen Sie Schwierigkeiten.«

Einer der Schränke zeigte auf sich und seinen Kollegen, wedelte mit dem Zeigefinger zwischen ihnen beiden hin und her und sagte: »Die Schwierigkeiten könnten wir zwei sein.«

»Unter anderem«, sagte der Normale. »Dafür bin ich allerdings nicht zuständig.«

Richard war noch nicht ganz da. Während er die Männer anglotzte, marschierte Kitti an ihm vorbei in die Wohnung hinein, zog Putzi, die auch noch nicht ganz da war, vom Bett herunter und zerrte sie am Ärmchen aus der Wohnung hinaus und die Stiege hinunter. Das ging alles sehr schnell. Erst als sie schon durch die Haustür waren, begann Putzi zu schreien.

»Papa«, schrie sie, »Papa, Papa! Hilfe, Papa!« Kitti hielt sie so hoch am Arm, dass sie auf einem Bein hopsen musste, sie war barfuß.

Kitti und ihr Anhang waren mit zwei Wagen von Graz heraufgekommen, in einem waren die Schränke und der Normale gesessen, im anderen, einem simplen Mazda, aber rot, Kitti und, wie wir später erfuhren, der Besitzer des Cafés, in dem sie manchmal jobbte. Er hatte unten auf sie und Putzi gewartet, mit laufendem Motor. Sie schob das strampelnde, schreiende und kratzende Kind auf den Rücksitz, knallte die Tür zu, stöckelte um den Wagen herum, stieg ein, und schon fuhren sie ab. Da rannte Richard gerade zur Haustür heraus, und er rannte hinter dem Auto her mit seinen verqueren Beinen und ebenfalls barfuß, rannte, wie er nie in seinem Leben gerannt war, der Schmerz der Englischen Krankheit in den Hüften machte nur, dass er schneller lief, nicht einmal rufen oder gar schreien konnte er, denn alle Kraft brauchten jetzt seine Beine. Er rannte, rannte, rannte noch, als er das Auto nicht mehr sah, rannte durch die Stadt und auf der Bundesstraße aus der Stadt hinaus, rannte, bis er zusammenbrach und auf dem Grasstreifen zwischen Straße und Radweg liegen blieb.

6

Ayasha Roya hieß Putzi also. Inzwischen hatte Kitti gelernt, den Namen auszusprechen. Tanja konnte ihn aussprechen, sobald sie ihn las. Sie las ihn in dem Brief, den der Normale an die Kanzlei Rauch und Partner schrieb. Der Brief war nicht mit »Sehr geehrte Frau Dr. Tanja – Nachname folgt« überschrieben, sondern mit: »Sehr geehrte Kollegen ...« Was in dem Brief stand, braucht nicht angeführt zu werden. Alles. Und Lügen. Nichts Gutes für Richard. Auch nicht besonders viel Gutes über Kitti. Aber ihr nachdrücklicher Wille, ihr Kind, Ayasha Roya, zurückzubekommen. – Und dass Richard nicht der Vater von Ayasha Roya sei. Also keinerlei Anspruch auf das Kind habe.

VI

Lange Leere

I

Leere ist, wo nichts ist. Leere ist, wo einmal etwas war. Wie könnte man sonst von Leere sprechen? Ich bin für solche Spitzfindigkeiten eigentlich nicht zuständig. Ich frage Michael, ob man von einer kleineren und einer größeren Leere sprechen könne. »Kann man Leere messen?«, frage ich. Er findet die Frage interessant. Mehr nicht.

Warum ich auf die Leere komme – Richard war fünfundzwanzig, als ihm Putzi weggenommen wurde. Fünf Jahre hat er noch gelebt. Manchmal, während ich an einem Buch schreibe, träume ich, und in dem Traum bin ich im Buch.

Ich habe geträumt, Richard schaut mir beim Schreiben zu und sagt: Die fünf Jahre waren leer.

Ich frage: Was sind leere Jahre?

Ich solle das mit einem leeren Schwimmbad vergleichen, einem leeren Swimmingpool, meint er, einem leeren privaten Swimmingpool. Ob die Hausbesitzer abgereist seien, frage ich. Nein, sagt er, sie können sich nur nicht aufraffen, Wasser in den Pool laufen zu lassen.

Ich weiß wenig über diese fünf Jahre. Erst haben wir nichts von ihm gehört, auch von Tanja nicht. Ich dachte, obendrein haben sich die beiden scheiden lassen. Haben sie nicht. Tanja aus Beharrlichkeit und Treue nicht, Richard aus Gleichgültigkeit und Bequemlichkeit nicht. Als ich zwei Monate nichts von ihm gehört hatte, schwankte ich zwischen schlechtem Gewissen und Zaudern hin und her. Nicht der Erniedrigte und Beleidigte soll sich als Erster melden müssen, sondern die Schwester des Erniedrigten und Beleidigten. Weil es ihr besser geht.

Ich besuchte Tanja in ihrer Superwohnung. Ich rechnete nicht damit, Richard zu treffen. So war es. Sie saß vor dem Fernseher und aß Erdnüsse. Keine Spur von Weinerlichkeit. War ich froh. Keine Feindseligkeit. Hätte ich ihr verziehen. Richard sei auf dem besten Weg, sagte sie. Über den Fußboden lagen Akten ausgebreitet, überall Unterlagen. Sie werde in der Sache nicht weiter tätig sein, sagte sie. Richard wünsche einen Schlussstrich. Sie auch. Sie beide hätten einen solchen verdient.

Woran sie merke, dass Richard auf dem besten Weg sei, fragte ich.

Noch zeige die Kurve nach unten, sagte sie, bald sei sie am tiefsten Punkt angelangt, dann gehe es aufwärts. Sie erzählte. Richard habe sich verändert, habe angefangen, Biere zu trinken des Abends, wenn er allein in seinem Zimmer sitze, er rauche sein Gras, er wolle sich an nichts erinnern, nicht an Putzi, bei ihrem Namen fahre ihm ein Stich ins Herz, und er nehme einen kräftigen Zug. Er sei erschöpft. Dort, wo sonst Schamasch gewacht habe, vor seinen Füßen, dort stehe jetzt eine Batterie von leeren Flaschen. Er wasche sich nicht mehr, und als er einmal vor ihr sein Hemd ausgezogen habe, habe er auf seinen Bauch geschaut und sich gewundert. Das komme vom Bier, habe er gesagt und habe, weil er kein frisches Hemd gefunden habe, wieder das alte angezogen. Wenn er huste, staube es in die Luft hinein.

»Malt er?«, fragte ich.

Das wusste Tanja nicht.

Am gleichen Abend ging ich dann doch zu ihm hinauf in die Oberstadt. Die Haustür unten war offen, ich stieg die Treppe hinauf, bei jeder Stufe überlegte ich, dann klopfte ich an die Tür, klingelte lieber nicht.

Als hätte er hinter der Tür auf mich gewartet, rief er: »Hier lebt ein Artefakt. Obacht! Obacht!«

Er konnte nicht wissen, dass ich es war. Oder er hat mich vom Fenster aus gesehen.

»Ich bin's«, sagte ich, »Monika. Ich will nur wissen, ob du malst.«

»Augenblick«, sagte er.

Ich hörte ihn gehen und kommen und wieder gehen und kommen, eine Weile hin und her.

Dann sagte er: »Ich sperr jetzt auf. Zähl auf zehn, dann komm herein und mach die Tür hinter dir zu. Die Bilder lehnen an der Wand, die alten zuoberst, die neuen hinten. Ich bin in der Küche. Lass mich dort. Ich bin noch nicht ganz fertig mit allem. Aber fast. Ich melde mich bei dir. Morgen oder übermorgen. Ich komm ins Geschäft zu dir. Schau die Bilder an und dann bitte geh! Du brauchst dir keine Sorgen zu machen.«

Er hatte viel gemalt. Auf leere Kartons, die er aneinandergeklebt und mit weißer Dispersionsfarbe grundiert hatte. Ich zählte fünfundzwanzig Bilder. Über jedem Bild stand klein mit schwarzer Tusche: »Unberührt«.

Die Bilder waren mit Buntstiften gemalt oder mit Wasserfarben, mit Ölkreide, mit Acrylfarben, aber auch mit Öl. Auf keinem war ein Mensch zu sehen. Berge und Wiesen – diese Bilder fand ich langweilig. Schöner waren die Bäume, sie waren eingepackt mit Moos, an manchen rankten sich Blumen über den Stamm bis weit in die Äste hinauf. Die Bäume waren Erfindungen, die Blumen auch, sie glichen Orchideen und Papageienblumen. Auf einer Serie waren Pilze abgebildet, sie wuchsen von Bild zu Bild, auf einem Pilz tummelten sich zwischen den weißen Flecken winzige Pferdchen auf rotem Grund. Am besten gefielen mir die Bilder mit den Affen, ich war erleichtert, sie hatten Menschenaugen und schauten mich an. Auf den letzten waren nur Muster zu sehen. Aus der Nähe erkannte ich Schriftzeichen. Tausende Schriftzeichen. Ohne Sinn. Oder doch mit Sinn.

2

Meine Familie, dies war nun meine Familie: Michael, Oliver, Undine und die kleine Paula, sie war noch in Bregenz zur Welt gekommen – bald zogen wir nach Hohenems in Michaels Elternhaus. Sein Vater war gestorben, an einem Herzinfarkt, gerade 61 Jahre wurde er alt, ein Mann mit Franzosenkappe, neonfarbenen Socken und Hochwasserhosen, ich hatte ihn sehr gern gehabt. Michaels Mutter lebte in einem Pflegeheim. Das Haus musste ausgeräumt und umgebaut werden. Unser Freund Hubert half uns. Richard rief an, er habe gehört, man könne ihn brauchen, er sei bereit zu helfen, Gretel habe ihn verständigt, er habe Werkzeug. Aber dann fanden wir ihn nicht. Ich traf Schuggi auf der Straße, seinen Kollegen mit den verqueren Armen, der die Angewohnheit hatte, Tagebuch zu führen, alles aufzuschreiben, und wenn es auch noch so unwichtig war, das nahm ihn so sehr in Anspruch, dass er für nichts anderes mehr Zeit hatte. So hatte er auch Richard nicht mehr gesehen, weil er den Blick nicht von seinem Tagebuch heben durfte, aber er wollte ihn mir zuliebe aufsuchen und ihm ausrichten, dass seine Schwester ihn brauche. Er kam und meldete, Richard sei nicht aufzutreiben. Er habe sich vor seine Tür gesetzt, einen Abend lang, mehr könne er leider nicht für mich tun, er müsse auch gleich aufschreiben, was alles passiert sei.

Wir waren beim Ausräumen des Hauses übermütig geworden und hatten viele brauchbare Dinge weggeschmissen, das tat uns leid, weil wir selber so wenig hatten und an den Dingen Erinnerungen hingen. Undine sortierte Tassen aus, die ihr nicht gefielen, und legte zur Seite, was ihr wertvoll vorkam. Ein altes Tonbandgerät zum Beispiel. Hubert versuchte, mit Michael den Spannteppich im Esszimmer herauszureißen. Es war im heißesten Sommer. Hubert wurde ohnmächtig. Er und Oliver isolierten den Dachboden mit Steinwolle, dort oben hat es fast fünfzig Grad gehabt. Tante Kathe kam mit ihrem zornigen Mann, und sie halfen mit, sie arbeitete, er sagte, an unserer Stelle würde er alles überhaupt entsorgen, das sei doch alles nur Gerümpel. Ein leeres Haus, das sei das Wahre. »Weghauen! Weghauen! Weghauen!«

Ich muss zugeben, ein bisschen vergaßen wir Richard. Man kann jemanden ganz vergessen, und man kann jemanden auch ein bisschen vergessen. Wir vergaßen Richard ein bisschen, als wir im renovierten Haus wohnten und Lorenz geboren wurde und wir so wenig schliefen. Ich lag im Krankenhaus, der neue Lorenz auf meiner Brust, da fiel mir Richard ein und wie er von der Wickelkommode gefallen war. Richard, wo bist du? Was machst du? Geht es dir gut? Hast du einen

neuen Hund? Und schon war er wieder vergessen. Michael besuchte mich und bestaunte seinen Sohn, der in die Welt blickte mit so viel Vernunft. Als er nach Hause kam, waren Leute in unserer noch provisorischen Küche, ein gutes halbes Dutzend Typen, die er nicht kannte, Freunde meiner Schwester Renate, sie war aus Berlin gekommen, um uns zu helfen, sie hatte die Typen eingeladen, sie saßen da und rauchten, Rauch in der Luft ließ die Gesichter verschwinden, und einer, den Michael nicht im Geringsten kannte, fragte ihn: »Wer bist du, kennt man dich hier oder kommst du einfach so herein und willst abstauben?«

»Wir müssen uns kümmern«, sagte ich, als ich mit dem lieben stillen Lorenz nach Hause kam.

»Um wen?«, fragte Michael.

Um Oliver? Um Undine? Um Paula? – Ich entschied mich für Richard.

»Was soll ich tun?«, fragte Michael.

»Besuch ihn.«

»Morgen«, sagte Michael.

Und ich: »Ja, gleich morgen.«

Aber am nächsten Tag vergaßen wir wieder, was wir uns vorgenommen hatten.

Richard, hörst du mich?

Ich hör dich.

Kannst du mir verzeihen, Richard?

Es gibt nichts zu verzeihen.

Dass ich viel erfunden habe über dich.

Das hätte ich über dich auch.

Du hast nie ein Bild von mir gemalt.

Ich war kein Maler, der malt, was man ihm sagt. Nicht einmal ich selbst habe mir sagen lassen, was ich malen soll.

Was habe ich dir bedeutet in deinem Leben, Richard?

Ich fürchte, auf fast alle Fragen, die du mir stellen willst, weiß ich keine Antwort.

Einer musste sich doch um dich kümmern. Ich habe so getan, als wäre ich eine andere. Deine Gouvernante, wie Gretel gesagt hat. Und doch hätte ich mich mehr um dich kümmern sollen.

Was sagt Michael über mich?

Er sagt, du hast nicht besonders gern gelebt.

Das weiß ich selber nicht so genau. Einmal ist ein Zug entgleist, in dem ich gesessen bin. Das war in Südfrankreich. Da war ich ein bisschen mehr als zwanzig. Nichts Schlimmes. Hinterher haben alle gesagt, was wäre gewesen, wenn. Ich nicht. Ich saß im Waggon vor dem Waggon, der aus den Geleisen gesprungen war. Meiner stand schief, aber er stand noch. Eine Beule hatte ich am Kopf. Mehr ist niemandem passiert. Ich habe geblutet, sonst hat keiner geblutet. Ich habe gesehen, wie ein Mann neben den Schienen kniete und Gott dankte und um Verzeihung bat. Ich konnte nicht gut Französisch. Ich fragte meinen Freund, der mit mir war, den Schuggi, er konnte Französisch, ich habe ihn gefragt, wofür sich der Mann bei seinem Gott entschuldigt, warum er seinen Gott um Verzeihung bittet. Schuggi hat sein Ohr langgemacht und zu ihm hingestreckt und hat gesagt: Dafür, dass er seine Frau betrügt und dass er es, trotzdem der Zug entgleist ist, wieder tun wird, gleich heute noch. Als der Mann aufstand, hat er sich die Hose an den Knien abgewischt, er wollte gut aussehen, wenn er zu seiner Geliebten geht. Ich glaube, der hat ihr gar nicht erzählt, was geschehen ist.

Richard, erzähl mir nicht solche Geschichten. Die hast du dir ausgedacht.

Habt ihr meine Urne durchstoßen? Damit mein Staub sich mit der Erde mische. Das wolltet ihr doch tun, du und Michael.

Wir haben es vergessen. Tut mir leid, Richard. Ich will es gutmachen.

3

Und dann war Richard dreißig. An dem Tag, als ich mit Paula und Lorenz und Hubert nach Lindau fuhr, um Feuerwerkskörper zu kaufen, sah ich in den seidenen Himmel hinauf und erlaubte den Kindern, die Turnschuhe anzuziehen, obwohl es dafür viel zu kalt war. Hubert wusste ein Geschäft, in dem es Raketen zu kaufen gab, die nur schön waren und nicht so laut und nicht so heiß. Er machte Spaß mit uns und drehte sich auf der Straße im Walzerschritt, Paula tat es ihm gleich, ich tanzte auch, der kleine Lorenz schaute aufmerksam zu mir und seiner Schwester und seinem Taufpaten.

»Putzt eure Hände ab«, sagte ich auf der Rückfahrt zu den Kindern, »versaut dem Hubert nicht sein Auto.«

Zu Hause wartete Michael vor der Tür. Er bat Hubert, kurz auf die Kinder aufzupassen, sie wegzuziehen von uns, sie sollten mich und ihn allein lassen, sie alle drei, nur fünf Minuten. Michael sah verstört aus.

»Richard hat sich das Leben genommen«, sagte er zu mir.

Mein Vater hatte angerufen und es ihm gesagt, ein sehr kurzes Telefonat.

Oliver kam aus der Schule und fragte, warum wir so komisch seien. Undine kam aus der Schule und fragte, warum wir so komisch seien.

Gerade fällt mir ein Wort ein, von dem ich nicht weiß, ob es noch etwas taugt: »Schlafesruh«. Es kommt in einem Kirchenlied vor. Ich nehme es für Richard, und es beruhigt mich.